afgeschreven

Sannah!

Roselinde van Berkel

Sannah!
Eén van de kanjers van de Globetrotter

Pincio Uitgeverij, Zoetermeer, 2013

*Deze uitgave is mede mogelijk
gemaakt door*

 **TriviumLindenhof**

© tekst: Roselinde van Berkel

Eindredactie: Arthur van Berkel

Ontwerp en opmaak: Geert Vinke

Omslagfoto: Ed Korpel

Het manuscript werd kritisch beoordeeld door pupillen en medewerkers
van TriviumLindenhof, van wie enkele reacties op de achterzijde van het
boek staan vermeld.

Sannah! is gezet uit een 11 pts Minion Pro broodletter, en gedrukt op 115
grams houtvrij opdikkend Munken door BV Drukkerij De Eendracht te
Schiedam in een oplage van 3.000 exemplaren.

Een uitgave van Pincio Uitgeverij, Spieringsloot 12, 2724 AW Zoetermeer,
December 2013.

ISBN 978-94-90532-05-5

NUR 248

Hoofdstuk 1

"Komt zij hier ook wonen?" vraagt een jongetje als we het plein voor de crisisopvanggroep op lopen. Ik schrik me rot. Ik? denk ik. Hier wonen? Echt niet! Logeren misschien, maar wonen, ho maar! Het jochie ziet er wel grappig uit, met zijn kleine zwarte krulletjes. Hij draagt een blauw shirt van *Phineas & Ferb* en een driekwartbroek met veel zakken. Om zijn nek hangt een gouden kettinkje. Er staat een naam op, maar die kan ik niet lezen. Hij gaat er weer vandoor, op een *waveboard*. De hoek om, en weg is hij.

Op het plein staan een aantal bomen en een klimrek. Het plein is groot, ontzettend groot! Er lijkt geen eind aan te komen. Maar uiteindelijk kijk ik tegen een groot gebouw aan met enorme ramen. We staan voor een trappetje van een paar treden, en daarboven is een deur. Een ontzettend lelijke deur. Hij is donkergroen en hier en daar bladdert er wat verf af. Rechts ervan zit een bel. Erik trekt eraan. Klingelingeling. Dan hoor ik een klik. Erik duwt tegen de deur. Die is duidelijk zwaar, want hij krijgt hem met moeite open.

Erik is, zoals ze dat noemen, mijn maatschappelijk werker. De eerste keer dat ik hem zag was bij ons thuis. Mijn moeder was keurig netjes opgemaakt. Het huis was schoon en ik had nieuwe kleren gekregen. Ik dacht dat mijn moeder uitging, dat ze weer een nieuwe vriend had en dat ik nu kennis met hem zou maken. Zo ging het meestal als ze een nieuwe vriend had. Maar dit keer was het dus niet een vriend, maar Erik. In eerste instantie leek hij me wel een geschikte vent. Maar ja, toen zag ik hem nog als de nieuwe vriend van mijn ma, niet als iemand van Bureau Jeugdzorg.

We gaan naar binnen. Er komt een vrouw onze kant op lo-pen. Ik schat haar een jaar of vijfendertig. Ze draagt *skinny jeans* en een iets te strak zwart shirt. Ik zie twee vetkwab-ben er doorheen. Ze komen precies boven haar broek uit. Als ze loopt, blubberen ze een beetje, die vetkwabben. Haar laarzen zijn bruin, met gespen. Die vind ik wel cool eigenlijk, al tikken ze wel heel erg. De lange gang maakt het nog erger, het galmt zelfs een beetje.

De vrouw heeft lang bruin haar, dat in een staart zit. Er hangen een paar plukken los, die ze met een speldje met bloemetjes erop heeft vastgezet. Dat hoeft nou ook weer niet, denk ik, dat speldje. Staat een beetje oubollig. Maar dat zal ook wel door dat kapsel komen. Als ik later mijn eigen kap-perszaak heb, zal ik zo'n kapsel nooit adviseren. Ik zou gaan voor een pony en wat blonde plukken, denk ik.

De vrouw heeft een grote glimlach op haar gezicht.

"Hoi," zegt ze, "ik ben Sandra. Jij moet Sannah zijn."

"Ja," zeg ik. Iets anders kan ik ook niet bedenken. Ik kan moeilijk zeggen: 'Hallo, ik ben Sannah,' want dat heeft ze net zelf al gezegd. Of dat er vetkwabben boven haar broek uit komen rollen, want dat weet ze waarschijnlijk zelf ook wel. Of ze zit nog in de ontkenningsfase…

Erik geeft haar een hand. "Hai," zegt hij. "Dat is lang geleden. Hoe is het?" "Goed, en met jou?" "Ik mag niet klagen," ant-woordt Erik.

Genoeg bijgepraat, vind ik, dus ik vraag of ik vast door mag lopen. Sandra kijkt even verbaasd, maar zegt dan: "Ja, hoor, de tweede deur rechts mag je in, ga maar vast lekker zitten."

Ik loop de gang in. Op de tweede deur rechts zit een bordje. 'Kantoor', staat erop. Is dit gebouw zo groot, vraag ik me af, dat je niet eens weet waar het kantoor is? Maar goed, ik ga naar binnen. Er staan een ronde tafel met zes stoelen en een bureau met een computer. Op het bureau liggen een agenda en twee stapels papieren. Zonder de boel aan te raken probeer ik te ontdekken of mijn naam ergens voorkomt, maar Sandra en Erik komen al binnen. Ik ga snel zitten op de stoel die het dichtst bij de deur staat. Sandra en Erik nemen de twee stoelen rechts van me.

Aan de muur hangen een paar foto's, ingelijst en uitvergroot. Op één ervan zie ik zes mensen staan. Ze staan in een rondje en hebben hun armen om elkaars schouders geslagen. Ze kijken naar beneden, waar dus degene lag die de foto heeft gemaakt. Nageaapt van die foto aan de muur bij *Goede Tijden, Slechte Tijden*, denk ik. Als ik goed kijk, herken ik Sandra ertussen. De rest, twee mannen, nog twee vrouwen van Sandra's leeftijd en een oudere vrouw die mijn oma had kunnen zijn, ken ik niet.

"Zo," zegt Sandra, "goed dat je er bent. Ik zal me even voorstellen."

Heb je allang gedaan, denk ik. Maar ik houd me in, dat heb ik Erik beloofd.

"Ik ben dus Sandra. Ik ben de pedagogisch medewerker A hier. Dat houdt in dat ik voornamelijk overdag werk en al het regelwerk doe. Ik doe intakegesprekken, eindgesprekken, gesprekken met school, neem de telefoon op, schrijf verslagen, enzovoort. De andere pedagogisch medewerkers werken vooral 'op de groep', dus hen zul je vaker tegenkomen dan mij."

Aha, denk ik, jij bent dus eigenlijk gewoon de secretaresse. Maar ik zeg niks. Ik knik.

"Maar we zijn hier niet voor mij," gaat Sandra verder, "we zijn hier voor jou. Vertel eens, weet je waarom je hier bent, en wat crisisopvang inhoudt?" Ik kijk naar de grond en haal mijn schouders op. Er valt een stilte. Omdat ik me nogal ongemakkelijk voel zeg ik maar snel: "Omdat ze vinden dat mijn moeder niet goed voor me zorgt." "En vind je dat zelf ook?" vraagt Sandra. "Kweenie," mompel ik. Verder houd ik nu echt mijn mond. Ik heb helemaal geen zin in een kruis-verhoor. Wat willen ze nu dat ik zeg? Moet ik mijn moeder zwartmaken en zeggen dat ze altijd stomdronken is ofzo? Het enige dat ik kan bedenken is dat mensen zich niet met ons moeten bemoeien en dat ik weer naar huis wil.

Dan doet Erik zijn mond open. "Zal ik je een beetje helpen?" vraagt hij. "We hebben vanochtend vroeg weer een melding gekregen van de politie. Gisteren ook al. Je moeder liep dronken over straat, en jij probeerde haar weer naar bin-nen te halen. Ook op school maken ze zich zorgen om je. Je mist veel lessen omdat je je broertje van school moet halen. Vaak heb je geen brood bij je voor tussen de middag, alleen chips. En geld voor gymkleding en dergelijke is er ook niet. Dat zijn toch dingen die eigenlijk niet zo goed zijn voor een meisje van veertien."

Boeiend, denk ik. Ik ben toch nooit ziek, en ik doe al-tijd beleefd tegen iedereen, dus wat is het probleem nu eigen-lijk? Ik haal mijn schouders op en blijf naar de grond kijken. Er mag hier weleens gestofzuigd worden trouwens.

"Nou," vervolgt Sandra, "de rest komt nog wel. Ik zal je je kamer laten zien." We lopen het kantoor uit; Sandra voorop, dan Erik en tot slot ik. We gaan een draaitrap op naar boven. Daar is een soort halletje met vier deuren, twee links en twee rechts. Uit de eerste kamer links hoor ik pokken-herrie komen. Gadver, *dubstep*, denk ik. Daar ga ik echt niet naast slapen, hoor! Gelukkig loopt Sandra een stukje door.

Ze doet de laatste deur rechts open. Dat zal mijn kamer dus worden.

Ik zie een bed, een bureautje, een stoel en een kast. Op de vensterbank staat een plantje. Het is een cactus. Sandra ziet me blijkbaar kijken. "We kopen altijd een plantje voor nieuwe bewoners," zegt ze. "Om hun kamer alvast een beetje gezellig te maken. Maar sommigen kunnen niet zo goed voor planten zorgen en vergeten ze water te geven. Daarom kiezen we altijd een cactus, die kan daar tegen." Ze lacht. Ik snap de grap niet, maar ik lach ook maar. Ze bedoelt het goed, denk ik.

"Zal ik je spullen vast halen?" vraagt Erik. Eigenlijk wil ik helemaal niet dat mijn spullen hier komen te staan, die horen thuis, bij mijn moeder. Niet hier, bij dat mens met die blubbers boven haar broek. En ook niet in de buurt van een kamer met die stomme *dubstep*-herrie. Het idee alleen al! Maar ik heb weinig keus, vrees ik. Ik knik.

"Normaal gesproken heeft ze veel meer praatjes, hoor," zegt Erik. "Maar dat komt vast nog wel, moet je maar opletten. Over een paar dagen kletst ze je de oren van het hoofd." Hij loopt weg om mijn spullen te halen.

"Wil je wat drinken?" vraagt Sandra. Ik knik weer. Sandra glimlacht en loopt naar beneden. Ik ga snel Erik achterna. Als ik dan toch hier moet blijven, wil ik wel zeker weten dat ook al mijn spullen hier staan en dat hij niet de helft vergeet. We lopen de trap af, de gang door, de zware deur door en het plein over. Het jochie met het *waveboard* is er weer. Hij vraagt of ik weer wegga, maar ik negeer hem. Hij ziet er wel schattig uit, met een te korte broek en zijn vrolijke krulletjes. Als hij de bocht om wil vliegen, blijft zijn *waveboard* achter een steen haken. Hij landt vol op zijn buik. Auw, denk ik. Dat moet pijn doen! Maar hij springt alweer overeind en sjeest verder.

"Hihaaaa!" roept hij, alsof hij een cowboy is die een losgebroken paard gaat vangen.

"Hier," zegt Erik, "draag jij deze." Hij duwt me twee tassen in mijn handen. Ik gris mijn knuffel uit de achterbak. Die moet ook mee, maar niemand hoeft hem te zien. Ik prop hem ergens tussen mijn kleren. Ik loop weer terug, over het plein, langs het jochie.

"Zie je wel," zegt hij triomfantelijk. "Je komt hier ook wonen. Ik wíst het wel." En weg zoeft hij weer. "Logeren!" roep ik hem na. "Ik kom hier alleen logeren!" "Nou, Sannah, laat die jongen toch," zegt Erik.

Ik vermoed dat dat ventje een jaar of tien is. Nog voor we bij de deur zijn komt hij alwéér aangesjeesd. "Kun je niet even helpen?" vraag ik hem. "Ja hoor," zegt hij. "Tuurlijk." Hij stopt. "Maar ik doe het niet, want ik heb geen zin!" En hij gaat er weer vandoor. Ik kijk hem na om te zien of hij weer over die tegel struikelt, maar dit keer ontwijkt hij hem. Shit!

"Kom je mee?" vraagt Erik. Hij gaat naar binnen. Hij heeft het handvat van mijn radio om zijn arm, mijn tas met schoenen in zijn hand, en over zijn schouder hangt mijn rugzak. In zijn andere hand heeft hij een vuilniszak. Daar zit van alles in, alles wat ik zo snel maar mee kon nemen. Hij gaat het trappetje op dat bij de voordeur uitkomt. Bovenaan worstelt hij met de deur. Ik volg hem en duw de deur open. *Loser*, denk ik.

"Dank je," zegt hij hijgend. "Wat zit er eigenlijk in je rugzak, zeg?" "M'n schoolboeken," antwoord ik. "Goed zo," zegt hij. "Jij gaat heel slim worden." Hij hijgt nog steeds.

Dat er maar zes schoolboeken in mijn rugzak zitten en verder allemaal tijdschriften zeg ik maar niet, want daar ga ik volgens hem vast niet slim van worden. Ik loop de gang weer door en wil de trap op, maar er blijkt een lift te zijn. Had dat dan meteen gezegd, denk ik. Boven staat Sandra al op ons te wachten.

"Zo, is het gelukt?" vraagt ze. Ze wacht het antwoord niet af. "Als jij je spullen in je kamer zet, heb ik beneden wat limonade voor je."

Ik loop de slaapkamer in. Erik heeft mijn spullen neergezet en zegt dat hij alvast naar beneden gaat. Hij heeft de deur nog niet achter zich dichtgetrokken, of de tranen rollen over mijn gezicht. Ik wil hier helemaal niet zijn. Ik weet wel dat het beter voor me is, en dat het thuis niet altijd even goed ging, maar ik voelde me er wel thuís! Hier niet, hier ken ik niemand. Ik ken de geluiden niet en de mensen niet. Mijn 'medebewoners', zoals ze dat noemen, niet, en de groepsleiding al helemaal niet. En alsof het allemaal nog niet erg genoeg is, gaat die stomme *dubstep* ook weer aan!

Uit frustratie geef ik een klap op mijn tas. Dat had ik beter niet kunnen doen. De vuilniszak die daarnaast staat valt om en de helft van mijn spullen gaat over de vloer. Sokken, ondergoed, mijn wekkerradio en mijn knuffel. Die laatste druk ik tegen me aan en ik laat me op het bed vallen. De tranen biggelen over mijn gezicht en mijn mascara moet uitgelopen zijn, want er komen zwarte druppels op het matras. Míjn mascara op het matras. Mijn eerste sporen heb ik al achtergelaten. Maar dat maakt niet uit. Want het is toch míjn matras, van míjn bed, in míjn kamer, denk ik.

Dan hoor ik Sandra roepen. Waar ik blijf, vraagt ze zich af. Ik sta op en kijk in de spiegel. De tranen hebben mijn mascara helemaal uit laten lopen. Er zit een zwarte streep op mijn linkerwang. Ik veeg hem snel weg. Mijn blauwgroene ogen, die normaal gesproken stralen, zien er somber uit. Mijn donkerblonde staart is uitgezakt. Ik haal de klem eruit, schud mijn haren los en zet het ding terug. Eén plukje laat ik eruit. Staat altijd wel geinig, vind ik. Ik haal diep adem en ga naar beneden.

Erik staat op het punt weg te gaan, zo te zien. Zijn tas hangt over zijn schouder en hij geeft Sandra een hand. Dan draait hij zich om naar mij. Hij wenst me veel succes hier en zegt dat hij over een paar dagen belt. "Oké, doei," zeg ik.

Ik wil weer naar boven gaan, maar Sandra roept me terug. Ze wil weten hoe ik normaal gesproken naar school ging. Met de fiets of met de bus? Het was nog geen vijf minuten bij mijn huis vandaan, dus meestal ging ik lopen. Of op de fiets, voordat mijn moeder ermee de sloot in was gereden.

Op de computer zoekt Sandra voor me uit hoe ik hiervandaan naar school toe kan. Gelukkig kan ik op dezelfde school blijven, al blijkt dat meer dan een uur reizen te zijn. Maar dat maakt me niet uit. Ik ga echt niet in deze gare buurt naar school! We kijken nog wat gegevens door. Voor mijn gevoel duurt dit hele gedoe uren. Maar we reden om 13.07 uur deze straat in. Nu is het pas 14.13 uur, zie ik. Sandra vraagt me nog een aantal dingen. Zoals of ik allergisch ben voor iets —Ja, voor Jeugdzorg!— hoe laat ik meestal naar bed ging, of ik veel vriendinnen heb, enzovoort. Dan geeft ze me een boekje met de huisregels en zijn we eindelijk klaar. Ik drink mijn limonade op en ga weer naar boven. Op mijn kamer zet ik keihard een cd van Beyoncé op. Hoef ik lekker die stomme *dubstep* niet te horen. Zo, dat is opgelost.

Hoofdstuk 2

Ik zit op mijn bed en pak mijn rugzak uit. Mijn biologie-boek valt open. Er dwarrelt iets uit. Ik raap het op. Het is de brief van Marius. Ik denk meteen aan gisteren en aan de reden waarom ik hier nu zit. Gisterochtend had ik naar school gemoeten, maar ik besloot thuis te blijven. Ik wilde mijn moeder niet alleen laten. Ze was die nacht op de bank in slaap gevallen en lag daar nog steeds toen ik om half negen naar school belde om me ziek te melden.

Ik maakte wat warme melk voor haar en wilde voor mezelf een eitje bakken. Maar de eieren waren op. Daarom nam ik twee gevulde koeken. Toen ging de bel. "Ik doe wel open!" riep ik.

Kennelijk hoopte mijn moeder dat het Marius was, want ze sprong van de bank en wist niet hoe snel ze bij de deur moest komen. Maar het was Marius niet. Het waren twee politie-agenten. Ze probeerden met mijn moeder te praten, maar die had daar duidelijk geen zin in. Ze plofte weer op de bank en riep dat er niets aan de hand was, en dat ze die fles alleen maar in haar hand had om naar de glasbak te brengen. "Kijk maar," zei ze, "hij is leeg." Ze keerde de fles om. Er kwam een flinke scheut wodka uit. "Oeps, zonde!" riep ze. Ze hield snel haar mond eronder om niets te morsen. Ik moest lachen en toen ze dat zag, schoot ze ook in de lach. Ze stond op en sloeg haar armen om me heen.

"Zie je wel," zei ze, "het gaat hartstikke goed met ons. Hè, l-l-l-l-lieve, l-l-l-l-lieve schatzie van me!" Ik kreeg drie smakken van haar en samen vielen we bijna om van het lachen. Ze knuffelde me zo stevig dat ik mijn evenwicht verloor en op de bank viel. En mijn moeder er bovenop.

De agenten keken elkaar aan. "Kom, meissie," zei een van hen. "Als jij wat kleren inpakt, een toilettas en andere spullen die je mee wilt nemen, brengen we je voor een nachtje naar je oma. Dan kijken we wat we verder voor je kunnen doen. En vergeet je schoolspullen niet, je zult ze nodig hebben."

Ik zei niets en ging naar boven. Op de trap struikelde ik bijna over de kleren van Marius. Die had mijn moeder gisteren naar beneden gegooid, schreeuwend dat hij zich niet met haar zaken moest bemoeien, dat hij niet haar moeder was en dat ze geen klein kind was. Marius was echter een half uur eerder vertrokken. Hij had een briefje achtergelaten, maar dat heeft ze nooit gelezen. Voor hij vertrok, zat hij aan de keukentafel te schrijven. Mijn moeder was ondertussen op de wc, volgens mij moest ze overgeven. Dat heeft ze wel vaker de laatste tijd, daar maak ik me weleens zorgen om.

Ik zat op de bank en probeerde mijn huiswerk te maken, maar ik kon me niet concentreren. Ik voelde dat er iets ging gebeuren en dat zat me helemaal niet lekker. Toen Marius uitgeschreven was, vouwde hij het blaadje dubbel. Hij zette het tegen een pak hagelslag. 'Voor Hanka', stond erop.

Hij kwam naast me zitten en zei dat ik er niets aan kon doen. Dat ik een geweldige meid was, maar dat hij het niet meer vol kon houden. Volgens hem had mijn moeder hulp nodig. Hij had geprobeerd haar die te geven, maar ze wilde niet.

"Die eeuwige drank verpest alles," zei hij. "Maar zolang ze dat niet ziet, kan ik er niet mee leven." Hij gaf me een aai over mijn hoofd. "Pas goed op je broertje, hè," zei hij. "En op jezelf." Toen trok hij de deur achter zich dicht.

Even was het stil. Een seconde of vier, denk ik. Toen ging de wc-deur open. Gelukkig, dacht ik, mijn moeder is niet ziek. Haar haar zat door de war, maar ze lachte naar me en vroeg waar Marius was. Ik zweeg. Ze keek zoekend rond. Haar oog viel op de stoel waarover zijn jas daarnet nog hing. Ze keek naar de deur.

"Godverrrrrrr!" schreeuwde ze. Ze pakte een kussen van de bank en smeet het naar de deur. Althans, dat was de bedoeling, denk ik. In werkelijkheid kwam het tegen een staande lamp, die met een hoop lawaai omviel. "Klote lamp!" riep ze. "Doe eens even stil! Jonathan slaapt!"

Dat Jonathan al de hele week bij oma logeert, leek ze op dat moment te zijn vergeten. Ze rende naar boven en gooide alle spullen die haar ook maar een beetje aan Marius deden denken naar beneden. Zijn kleren, zijn scheerapparaat, zijn tennisracket, de radio die ze ooit van hem had gekregen, en vervolgens alle lijstjes met foto's waar hij op stond.

Gelukkig had ze niet door dat ik ook een foto van hem heb. We waren toen met zijn vieren naar de Efteling gegaan. Marius, mijn moeder, Jonathan en ik. Bij het carnavalsfestival hebben we die foto gekocht. Wat hebben we gelachen die dag! Mijn moeder was in een goede bui. We liepen gearmd met zijn drieën, zij in het midden. Af en toe moesten we elkaar even loslaten omdat mijn broertje bijna het water in rende. Het grappigst vond ik nog dat mijn moeder bij het snoepwinkeltje vroeg om kersenbonbons. Maar die had die mevrouw niet. Daarna wilde ze weten of ze winegums hadden en of daar ook echt wijn in zat. Het gezicht van die verkoopster! Toen dat niet zo bleek te zijn, heeft ze acht suikerspinnen gekocht, voor ons allemaal twee.

Om haar niet nog bozer te maken dan ze al was, heb ik toen ze bezig was die lamp overeind te zetten die brief weggegrist en in mijn biologieboek gestopt. Ik vouw hem open.

'Lieve Hanka,
Het spijt me dat ik je in de steek moet laten, maar ik kan niet anders. Ik hou zielsveel van je en we hebben mooie tijden beleefd. Maar op deze manier kan ik niet verder. Ik kan niet langer aanzien hoe je jezelf en je kinderen kapotmaakt. Je hebt al weken niet normaal gekookt. Jonathan heeft al maanden luieruitslag omdat je hem steeds in dezelfde luier laat slapen. Je hebt Sannah nog nooit geholpen met haar huiswerk en ze kan niet op een sport omdat je daar geen geld voor hebt. Maar geld voor whisky heb je wel. Stop toch met die stomme troep. Je laat je leven toch niet kapotmaken door die alcohol!
Je hebt schulden. De brieven van deurwaarders stromen binnen. Ze zijn al van het AMK langsgeweest. Sannah staat op de wachtlijst voor een leefgroep en jij blijft maar ontkennen dat je een probleem hebt! Je helpt jezelf en je kinderen compleet de vernieling in. Je hebt geen idee hoe je je kinderen met jouw zaken belast.
Wat denk je van Sannah, hoe moet zij zich voelen met een moeder waar de hele straat over praat! Ze gaat nu net puberen. Vorige maand had ze liefdesverdriet en jij hebt helemaal niets door! Jij loopt alleen maar jezelf zielig te vinden en je hebt niet eens in de gaten wat je allemaal op het spel zet!
Alsjeblieft, denk na en ga hulp zoeken, ik kan je niet meer helpen. Het ga je goed.
Liefs, Mar.'

De tranen rollen over mijn gezicht. Ik mis hem. Ik mis Marius. Hij was de enige die begreep hoe ik me voelde. Nu snap ik waarom hij voorstelde *Highschool Musical 3* te gaan kijken op de dag dat Patrick op school verkering kreeg met Alisha.

Hij had het door! Hij had gewoon door dat ik stiekem ook verliefd was op Patrick. En dat terwijl hij eigenlijk voetbal wilde kijken, de schat! Bovendien was hij de enige naar wie mijn moeder nog een beetje luisterde. En hij sloeg me niet, zoals Edwin. Dat was echt een engerd.

Er valt een traan op de brief. Ik vouw hem dicht en laat me achterover op bed ploffen. Ik voel dat mijn telefoon nog in mijn zak zit. Erik heeft gezegd dat je bij de crisisopvang geen telefoons mee naar je kamer mag nemen. Maar zolang ze niet weten dat ik een telefoon heb, hoor je mij er niet over. Ik zoek het nummer van Marius op en laat het ding overgaan.

"Met Marius," hoor ik na een paar keer. Mijn hart slaat over. Wat ik moet eigenlijk tegen hem zeggen? Dat ik hem mis? Dat hij me moet komen ophalen? Dat hij terug moet naar mijn moeder omdat ze het niet redt zonder hem? "Ik kan op dit moment niet opnemen, maar spreek een boodschap in, dan bel ik je zo spoedig mogelijk terug."

Shit, voicemail. Ik verbreek de verbinding en klap de telefoon dicht.

Hoofdstuk 3

Er wordt op mijn deur geklopt. Sandra komt binnen. "Stoor ik?" vraagt ze. "Eeeh, nee, hoor," zeg ik, terwijl ik snel mijn tranen afveeg aan mijn mouw. Gelukkig lig ik met mijn gezicht naar de muur, waardoor ze niet ziet dat ik heb gehuild. Ik draai me om en zie iemand achter haar staan. Het is een man van een jaar of vijfentwintig. Met zijn gescheurde spijkerbroek, T-shirt van Akon en blauwe sneakers ziet hij er best stoer uit. Hij doet een stap naar voren en stelt zichzelf voor als Aaron, pedagogisch medewerker. Ik geef hem een hand en vertel dat ik Sannah heet en dat ik hier vandaag ben komen wo... eeeh... ben gekomen. Aaron glimlacht. Hij zegt dat we over een halfuurtje gaan eten en dat ik misschien nog wat spullen uit kan pakken. Dan ga ik me vast meer thuis voelen, denkt hij.

"Mag ik posters op de muur plakken?" vraag ik. Dat mag, maar niet op de deuren. Die zijn brandwerend, wat dat ook mag betekenen.

Ik zoek alle posters op die ik heb. Drie stuks. Ik vis een rol plakband uit mijn etui en hang ze op. Maar ik mis nog iets. Het is nog te kaal. Ik bedenk me dat ik nog een mapje met foto's heb. Ik haal het tevoorschijn, haal alle foto's eruit en plak ze langs de spiegel. Als ik klaar ben, bekijk ik het resultaat.

Ik kan bijna niet meer in de spiegel kijken, maar dat maakt niet uit. Mmm, denk ik. Niet slecht. Het begint erop te lijken.

Terwijl ik mijn kleren in de kast leg zing ik mee met het nieuwste nummer van Beyoncé.

De stapel T-shirts wordt een beetje te hoog en valt om. Ik gooi ze terug de kast in en doe snel de deur dicht. Tenminste, dat probeer ik, want er zitten wat shirts tussen. Ik duw ze naar binnen en draai de sleutel om. Opgeruimd staat netjes. Beneden ga ik op de herrie af. Daar zal de eetkamer wel zijn. Ik weet anders ook niet waar we gaan eten. Ik kom in de huiskamer en kijk even rond. Links staat een grote bank, rechts daarvan hangt een dartbord aan de muur met een hoop gaten er omheen, en daartegenover staan een bank en een televisie. Bij het raam staat nog een bank en aan de andere kant een paar stoelen. Niet echt handig, die stoelen daar, precies in de baan van het darten, lijkt me. Ik neem me voor daar nooit te gaan zitten. Alhoewel, een paar extra piercings kan natuurlijk geen kwaad.

Ik moet blijkbaar lachen, want ineens hoor ik: "Hee, wat sta jij in jezelf te grapjassen? Jij moet Sannah zijn."

Ik schrik ervan, maar kijk dan in het guitige gezicht van een klein ventje met rood haar. Hij heeft scheve tanden, en puisten overal waar ik maar zien kan, maar vooral pretoogjes. Hij steekt zijn hand uit en stelt zichzelf voor als Demi.

"Eigenlijk heet ik Damian, maar noem me maar Demi, al mijn vrienden noemen me zo."

Twee meisjes die achter hem staan, schieten in de lach en smoezen wat.

"Oeoeoe, Demi is verliehiefd!" roept de één. De ander kijkt haar aan en maakt dan smakgeluiden. Alsof ze stoer wil doen voor de eerste.

"Nou, meiden," zegt Aaron, "zo kan die wel weer. Help liever even met tafeldekken."

Demi wordt knalrood en ik weet me ook even geen houding te geven. Ik geloof niet dat ik zin heb in dit kinderachtige gedoe. Ik negeer het en stel me netjes voor. De ene heet Santusha, de meeloper Esmé. Er wordt wat gebekvecht over waar ik moet zitten aan tafel. Aaron kapt de discussie af en zegt dat iedereen op zijn vaste plek moet zitten en dat ik op de oude plek van Quincita mag. Hij wijst naar de stoel naast Demi en weer beginnen de meiden te giechelen. Ik baal er een beetje van en besluit meteen te laten merken met wie ze te maken hebben.

"Als jij liever naast Demi wilt zitten," zeg ik, "dan mag het, hoor. Volgens mij vind jij hem wel leuk!"

Ik weet zelf eigenlijk niet tegen wie van de twee ik het heb, maar Esmé wordt rood en Santusha schiet van schrik uit met de melk die ze net aan het inschenken is. Ik kijk naar Demi, die me een vette knipoog geeft. Ik glimlach terug. Volgens mij vind ik hem wel grappig. Hij is tenminste niet zo kinderachtig als die twee kleuters die tegenover me zitten.

Achter Esmé en Santusha is de keuken. Die had ik nog niet eens gezien. Ook de jongen die zich daar drie keer in de rondte aan het werken is niet. Hij heeft lang donkerblond haar en een rood hoofd. Maar dat is niet zo gek, hij heeft net tijdens het afgieten van de aardappelen het deksel laten schieten en nu liggen alle aardappelen in de gootsteen.

"Gadver," roept Santusha, "dat ga ik echt niet meer eten!"

"Kutwijf!" schreeuwt de jongen. Hij smijt de pan in de gootsteen en stormt de keuken uit, door de huiskamer naar boven. Het is dat ik net was gaan zitten, anders had hij mij omver gelopen, schat ik in. Al snel galmt er *dubstep* door het huis, dus nu weet ik in welke kamer hij slaapt.

"Niet zo slim van je, Santusha," zegt Aaron. "Wees blij dat we weer eens verse aardappelen eten in plaats van die kant-en-klare zakjes, zoals we de afgelopen week al drie keer hebben gegeten omdat jullie te belazerd zijn om aardappelen te schillen."

"Wees blij dat we altijd kant-en-klare zakjes aardappelpuree maken, anders hadden we iedere dag uit de gootsteen moeten eten," moppert Santusha.

Aaron kijkt in de gootsteen, maar de aardappelen zijn niet meer te eten; er zat nog sop in de wasbak.

Toch maar weer aardappelpuree uit een zakje dus. Santusha moet het klaarmaken.

"Jij hebt het inmiddels al zo vaak gedaan, dat je er bijna een Michelinster mee kunt winnen," grapt Aaron.

Als ze de pan even later op tafel zet, vraagt Santusha of er toevallig ook nog groente bij is, en iets van vlees ofzo. "Shit!" roept Aaron. Hij rent naar het gasfornuis, waar inmiddels grijze rookwolken vandaan komen. Het vlees is behoorlijk aangebrand en de broccoli lijkt wel pap. Maar we mogen van Aaron niet klagen, want het is de eerste keer dat Dimitri heeft gekookt en hij heeft echt zijn best gedaan. Aaron roept dat hij naar beneden moet komen. Met een hoop gestamp komt hij de trap af. Hij trekt met een ruk zijn stoel naar achteren en gaat zitten. Demi neemt een hap van de broccoli. Hij kijkt Dimitri aan.

"Mmmm. Lekker, Diem," zegt hij met volle mond en stalen gezicht.

Dimitri begint te stralen. "Jammer dat ik maar één keer per week hoef te koken, hè?!" zegt hij.

Ik prik in mijn aangebrande slavink en vraag me af hoe het met mijn moeder en mijn broertje gaat.

Hoofdstuk 4

Afgelopen twee weken is mijn moeder één keer in de crisisopvang geweest. Dat was tijdens de bespreking over een bezoekregeling. 'Ze' vonden het goed als er duidelijkheid zou komen. Als ik zou weten waar ik aan toe was en als ik aan mijn 'eigen dingen' toe zou komen. De eerste week van mijn verblijf hadden ze gemerkt dat ik na school steeds even langs mijn moeder was gegaan. Ze vonden dat ik me te veel zorgen om haar maakte en dachten dat ik me daarom niet kon concentreren op mijn school. Vind je het gek? Van het ene op het andere moment word ik uit mijn huis gehaald, ik heb niet eens afscheid van mijn broertje kunnen nemen, ik weet niet hoe het met hem gaat, en mijn moeder wordt nu ook aan haar lot overgelaten. Wie haalt haar van straat als ze het weer eens moeilijk heeft en overstuur buiten loopt? De buren niet. Die gluren door het raam en doen vervolgens alsof er niets aan de hand is. Vooral die van nummer 16, wat een schijnheilen zijn dat!

Ik weet nog goed dat er eens post kwam van een postorderbedrijf en dat mijn moeder helemaal uit haar dak ging. Ze hoorde de brievenbus dichtklappen en zag de postbode weglopen. Enthousiast als ze was — ze verwachtte een pakketje van Zalando waar ze altijd kleding bestelt — rende ze naar de brievenbus. Toen ze terugkwam, rook ik al onraad. Ze plofte op de bank en vloekte. Het was niet het pakketje dat ze verwachtte. Het was een brief waarin stond dat ze na het niet betalen van een aantal herinneringsfacturen op de zwarte lijst was komen te staan. Ze mocht pas weer iets bestellen als ze de openstaande rekeningen had betaald. De postbode liep inmiddels het pad bij nummer 16 af. Mijn moeder vloog naar buiten en smeet de brief in zijn richting. Hij bleef verbouwereerd staan. Zijn mond viel open toen mijn moeder schreeuwde: "Klootviool! Hou die rotpost bij je! Ik wil alleen maar leuke post, dat heb ik je al gezegd!" Het was dat die arme man niet reageerde en probeerde zo normaal mogelijk door te lopen — half struikelend over zijn eigen benen —, anders had mijn moeder dat postkarretje van hem zó over de stoep leeg gekiept, dat weet ik zeker. Ik liep naar buiten en trok haar aan haar arm terug naar binnen. Schreeuwend en tierend liep ze mee. Soms vind ik het wel grappig als ze zo doet, maar nu zag ik die mensen van nummer 16 dus achter het gordijn staan gluren. Toen ze in de gaten hadden dat ik ze zag, deden ze snel een stapje achteruit. Maar doordat ik hun schaduw zag, wist ik dat ze er nog stonden. Ik weet zeker dat ze later weer verder gingen gluren, maar ik durfde niet meer te kijken. Mijn moeder was nog meer uit haar dak gegaan als ze door had gehad dat we bespied werden.

Op school hoorde ik dat er over mijn moeder werd gepraat. "Wat hoor ik, heeft je moeder Marius uit huis gegooid?" En: "Je moeder gaat vreemd, ik zag haar met een andere vent lopen." "Ja, dat zag ik ook, volgens mij is ze met hangende pootjes teruggegaan naar die lelijkerd met die glasbakkenwalm!"

Ik haalde mijn schouders op en liep door. Alsof het me niets deed, maar mijn maag kromp ineen en ik moest me inhouden om niet te gaan kokhalzen. Edwin, die viezerik?! Dat kon ze niet menen! Daar heeft ze een relatie mee gehad toen ik elf was. Een engerd was het! En lelijk was hij ook, met die belachelijke haakneus van hem. Hij keek me altijd zo eng aan, een beetje scheel. Hij stonk, een beetje als een glasbak en als hij dan weer zo'n bui had, moest ik op zijn schoot gaan zitten. Dan zei hij dat hij mij zó ontzettend lief vond, dat ik zijn kindje was en dat hij me nooit meer zou laten gaan. Ja, dat zei hij, de engnek.

Gelukkig is hij door mijn moeder het huis uit gezet, letterlijk. Ze heeft al zijn spullen uit het raam gegooid en het scheelde niet veel of hij was er zelf achteraan gegaan! Het was dat de bel ging en de politie voor de deur stond, anders was hij er niet meer geweest. Ik heb mijn moeder nog nooit zó boos gezien! Ze smeet bekers naar zijn hoofd, de babyfoon van mijn broertje, een stoel, en het schilderij dat mijn vader ooit voor mij had gemaakt. Dat vond ik zo erg, want dat had ik van hem gekregen toen ik vier werd. Maar verder... "Die vuilak heeft het verdiend!" schreeuwde ze. "Had hij maar met zijn grafpoten van mijn dochter af moeten blijven!" En die Edwin... Rennen dat hij deed! Om de tafel, achter de tv langs, de trap op, de trap weer af. Tot de politie dus kwam. Best een coole moeder heb ik eigenlijk.

Dat was dus Edwin. Goddank bleek hij het niet te zijn. Mijn ma had wel een nieuwe vriend, maar dat was iemand anders. Al leek hij wel een beetje op hem, hoorde ik van Samira, één van mijn beste vriendinnen. Ze had mijn moeder met die man bij de supermarkt gezien. Hij had wel net zo'n haakneus als Edwin, maar er kwam geen glasbakken-walm uit zijn mond, vertelde ze.

Die bespreking over de bezoekregeling ging zo: mijn moeder komt naar de crisisopvang, samen met Erik, die haar heeft opgehaald. Als ze binnenkomt, is de spanning te snijden. Hoewel mijn moeder me om mijn nek vliegt, me bijna fijn knuffelt en zegt hoe ze me gemist heeft, voel ik dat die twee onderweg ruzie hebben gehad. Ik probeer niet te laten merken hoe verdrietig ik me voel en hoe erg ik haar mis, want dat zou haar alleen maar ongerust maken.

Sandra neemt ons mee naar het kantoor, waar ze het gesprek begint. Ze vertelt hoe ik 'binnen ben gekomen' in de crisisopvang. Dat ik beleefd was, maar dat ze aan alles voelde dat ik daar niet wilde zijn. Ze vertelt dat ze het idee heeft dat het nu beter met me gaat, dat ik een beetje rust heb gevonden, mijn kamer leuk heb gemaakt en goed met mijn huisgenoten op kan schieten. Ook vertelt ze dat ze met mijn school gesproken heeft en dat iedereen enthousiast over me is, maar dat ze zich wel zorgen maken.

Erik vult aan dat ze zowel hier als op school het idee hebben dat ik met mijn hoofd ergens anders zit. Ze denken dat ik me zorgen om mijn moeder maak en willen daarom een vaste bezoekregeling. Als mijn moeder en ik elkaar bijvoorbeeld om de week een zaterdagmiddag zien, dan kan ik me de rest van de tijd op mijn eigen leven concentreren. Ze vermoeden dat het me goed zal doen als ik me wat meer op mijn eigen toekomst kan richten. Mijn moeder, zeggen ze, is een volwassen vrouw en goed in staat haar eigen keuzes te maken. Ook voor en na schooltijd mag ik niet meer langsgaan, hooguit om wat spullen op te halen, vinden ze. Ik heb rust nodig. Als ik na school even 'op de groep' ben, wat drink en even ontspan, kan ik na het eten rustig huiswerk maken, wat tv kijken, en daarna rustig slapen. Dat zal me goed doen, zeggen ze. Het gaat allemaal een beetje langs me heen. De tranen branden in mijn keel en zodra ik iets zeg, zullen ze naar buiten stromen, verwacht ik. Dus zeg ik maar niets. Ik kijk naar de rand van de tafel en knik af en toe 'ja'.

Na drie kwartier is het gesprek klaar. Erik kijkt op zijn horloge. "Als u wilt," zegt hij, "kunt u nog wel even Sannahs kamer bekijken." Mijn moeder staat op, zegt niets en met zijn tweeën lopen we naar boven.

Eenmaal op mijn kamer barst ik in huilen uit. "Ze doen vast wel hun best, maar ik mis je gewoon," breng ik snikkend uit. Mijn moeder klampt zich aan me vast en zegt snotterend: "Ik jou ook, meissie! En je mag altijd langskomen, voor school, na school, onder schooltijd, altijd! Maar dat weet je wel, hè?! Als ze hier niet aardig voor je zijn, gewoon je spullen pakken en terugkomen, hoor!" Ik knik, maar ik vrees dat dat niet kan. Dan komen ze me vast weer ophalen en brengen ze me weer hierheen. Of naar een gesloten groep, daar zit Quincita nu ook, hoorde ik. Quincita is dat meisje dat eerst op mijn plek aan tafel zat. En van wie ik de kamer heb overgenomen. Ik ben niet van plan haar plek in die gesloten groep ook nog eens over te nemen. Maar voor of na schooltijd ga ik echt nog wel langs. De bussen rijden toch niet op tijd, dus kan ik altijd zeggen dat ik de aansluiting heb gemist.

Dan roept Erik. Of mijn moeder naar beneden komt, want hij moet weer weg. Ze geeft me nog een dikke knuffel, stopt wat in mijn zak, veegt haar snottebellen aan haar mouw af en gaat naar beneden. Ik plof op mijn bed en kijk wat ze in mijn zak gestopt heeft. Veertig euro! Mijn hart maakt een sprongetje, daar kan ik leuke dingen mee doen! Maar dan realiseer ik me dat ze daar helemaal geen geld voor heeft, want ik kan me niet voorstellen dat ze inmiddels alle deurwaarders heeft afbetaald. Ik kijk uit het raam of ik mijn moeder nog zie, maar de auto van Erik rijdt net weg.

Hoofdstuk 5

De groep is op zich best oké. Op Santusha en Esmé na kan ik met iedereen goed opschieten. Damian is wel een coole gast. Hij ziet er nogal klungelig uit, met zijn scheve tanden, zijn rode piekhaar en zijn puisten. Zodra ik hem zie moet ik om hem lachen. Hij heeft van die grappige blauwe pretogen en een geweldig gevoel voor humor. De eerste keer dat we huiswerkuur hadden, klopte hij zachtjes op mijn deur om te vragen hoe het met me ging. Toen ik opendeed dacht ik dat het Saskia, een pedagogisch medewerkster, oftewel een pm-er, zoals ze dat hier noemen, zou zijn. Want tijdens huiswerkuur mag je niet van je kamer af. Maar daar stond Damian met zijn guitige gezicht voor mijn neus. Ik was verbaasd, want hém had ik natuurlijk niet verwacht. Voor ik iets kon zeggen, sprong hij mijn kamer in. Hij hoorde iemand de trap opkomen.

Saskia dus, want twee tellen later klopte ze op mijn deur. Ze wilde even weten of het goed met me ging.

"Ja, hoor, maar nu wil ik weer graag alleen zijn," zei ik snel, terwijl ik probeerde mijn lach in te houden. Damian stond achter de deur gekke bekken te trekken, maar dat kon ik natuurlijk niet laten merken. De deur was nog niet dicht of we rolden lachend over de grond.

Als de anderen het niet horen, noemt Damian zichzelf Chucky, net als dat gemene speelgoedpoppetje uit die film. Daar vindt hij zichzelf op lijken, met zijn rode piekhaar en die bolle kop. Ik moest hem wel beloven hem nóóit zo te noemen waar anderen bij zijn, want hij wil ze niet op ideeën brengen. Alhoewel ze er spijt van zullen krijgen als ze hem ooit zo noemen, zegt hij, want dan gaat hij zich ook zo gedragen. Dan zal hij 's nachts tot leven komen en ze in hun nek bijten en daarna ondersteboven uit het raam hangen, heeft hij al bedacht.

Toen Santusha weer eens een domme opmerking over me maakte, keek ik haar alleen maar aan en stelde ik me voor dat ze ondersteboven uit het raam hing. Gillen dat ze deed! In eerste instantie keek ze nog triomfantelijk naar me over haar 'grappige' opmerking, maar dat veranderde snel. Achter haar stond Damian, die deed alsof hij haar in haar nek beet. Niemand anders zag het en ik weet niet hóe ik op dat moment keek, maar blijkbaar schrok ze ervan. Ze werd rood, keek snel weg en heeft me nooit meer getreiterd. Damian haalde quasi nonchalant zijn schouders op, alsof hij wilde zeggen: "Kijk, zo doe je dat." En inderdaad, ze heeft het nooit meer gedaan.

Wat ik van Dimitri moet vinden, weet ik niet zo goed. Volgens mij bedoelt hij het allemaal wel goed, maar hij kan zo opvliegerig zijn, dat ik het een beetje eng vind soms. De anderen vinden het leuk om hem uit te dagen, maar ik heb geen zin in ruzie met hem. Tot nu toe is het bij smijten met deuren gebleven, maar ik weet zeker dat het er een keer van komt dat hij iemand voor zijn hoofd slaat. En ík wil diegene niet zijn natuurlijk!

Dimitri schijnt ADHD te hebben, iets van een gedragsprobleem ofzo, waardoor hij snel afgeleid en opvliegerig is. Daardoor gaan er weleens dingen mis, en als hij dan het idee heeft dat hij wordt uitgelachen, gaat hij uit zijn dak. Van de week tijdens een huiswerkuur bijvoorbeeld. Iedereen zat op zijn kamer, maar Dimitri had wat hulp nodig en mocht in de huiskamer blijven. Aaron ging hem helpen met wiskunde. Toen wij beneden kwamen, was Dimitri nog bezig. Blijkbaar was hij dit keer zó geconcentreerd, dat hij niet door had dat wij binnenkwamen. Santusha kwam als eerste de huiskamer binnenlopen. Ze stopte toen ze Dimitri zo zag werken en stootte Esmé aan. Ze ging half voorover hangen, met haar elleboog op de rand van de bank, haar hoofd rustend op haar hand en haar tong uit haar mond. Precies zoals Dimitri zat. Esmé, met haar irritante hoofd, barstte uitdagend in lachen uit en Dimitri keek van schrik op. Hij zag nog net hoe Santusha snel weer gewoon ging staan, maar had al snel door dat hij voor paal werd gezet. Hij vloog van zijn stoel, schreeuwde "kuthoer!" naar Santusha en smeet zijn boeken op de bank. Het blaadje waar hij net aan had gewerkt dwarrelde op de grond. Hij wilde het nog opvangen, maar het bleef hangen en scheurde. Aaron kwam het kantoor uit en zag hem staan met zijn gescheurde blaadje. De tranen sprongen in Dimitri's ogen. Hij trapte zijn stoel omver en stampte naar boven.

"Volgens mij schrok hij van ons," zei Santusha. Alsof zij er niets mee te maken had! "Laat hem maar," zei Aaron, "hij heeft een moeilijke dag gehad."

Het was tijd voor *Goede Tijden Slechte Tijden*, dus iedereen plofte op de bank. Santusha *sneakte* voor me langs om in de hoek te gaan zitten, de plek waarvan ze weet dat Dimitri daar graag zit. Ze zat er met een brede grijns, trots op haar gedrag. De tv stond nog niet aan. Damian pakte rustig de afstandsbediening, zette de tv op *Discovery Channel* en ging stoïcijns zitten kijken. "Gaaf," zei ik, "komodovaranen!" Alsof ik er verstand van heb...

Santusha sprong overeind, graaide de afstandsbediening uit Damians hand en zette de tv op *RTL 4*.

"Zo doe je dat," zei ze met een irritant overwinningsstemmetje. Toen ze zich omdraaide zag ze dat Damian haar plek op de bank had ingenomen. "Inderdaad, zo doe je dat," zei hij met eenzelfde soort stemmetje. Hij legde zijn armen languit over de leuning en ging er eens goed voor zitten. Hij keek Santusha aan met zijn Chucky-blik en ze zei niets. Met een boos hoofd ging ze ergens anders zitten.

Toen Dimitri afgekoeld was en weer beneden kwam, keek Damian Santusha uitdagend aan.

"Kijk, Dimitri," zei hij, "ik heb je favoriete plek vrijgehouden!" Dimitri straalde van oor tot oor en wist niet hoe snel hij op zijn plekkie terecht moest komen. Hij had niet eens door dat Esmé haar voet een stukje omhoog deed om hem te laten struikelen, het rotkind. In plaats van te struikelen schopte hij per ongeluk zo hard tegen haar been dat haar gezicht vertrok van de pijn. Ik lachte me rot. In mezelf dan natuurlijk, want ik had geen zin in ruzie met Esmé. Ik dacht alleen maar: kijk, zó doe je dat!

Romano zie je bijna nooit. Hij gaat ieder weekend naar huis. Zijn moeder is tijdelijk opgenomen in een psychiatrisch centrum en in het weekend is ze thuis. Romano is daar dan ook. Doordeweeks is hij op de crisisopvang. Hij bemoeit zich eigenlijk nooit met iemand. Na school zegt hij gedag, hij drinkt wat en gaat naar zijn kamer. Op maandag-, woensdag- en donderdagavond heeft hij voetbaltraining. De andere dagen is zijn vriendin er en zitten ze tv te kijken. Op zondag komt hij rond zeven uur 's avonds weer terug. Als je hem dan vraagt hoe zijn weekend was, zegt hij "goed" en verder niets. Ik vraag me weleens af wat er in zijn hoofd omgaat.

Net op het moment dat ik besloten heb hem dat een keer te vragen, gaat de deurbel. Ik ren naar beneden, maar Sandra is me voor. Ze doet de deur open en ik zie twee agenten staan. Ik ga op de trap zitten en gluur mee. Sandra staat voor mijn beeld, maar ik zie dat het een man en een vrouw zijn. De man zal een jaar of vijfentwintig zijn, de vrouw rond de veertig, schat ik. Ze is een stuk kleiner dan de man, maar door haar gezicht alleen al zou je ontzag voor haar hebben. De glazen tussendeur valt dicht, waardoor ik niet goed kan horen wat er wordt gezegd. Ik vang wel op dat ze vragen naar Romano.

Even later komt Sandra naar binnen met de agenten. Ik spring overeind en doe net of ik op weg was naar de wc. Sandra ziet een beetje bleek en haar lip trilt. Ik vraag wat er aan de hand is. Ze schudt haar hoofd en gaat de trap op. De agenten volgen haar. Ik ga naar de wc, terwijl ik eigenlijk helemaal niet hoef. Ik hoor Sandra tegen de agenten zeggen dat ze plaats mogen nemen in het kantoor. Zelf loopt ze naar boven, waarschijnlijk naar Romano's kamer. Als ik van de wc kom, zie ik Romano het kantoor inlopen. Sandra doet de deur achter hen dicht.

Ik ga de trap op, op weg naar de huiskamer, waar het nieuws zich al als een lopend vuurtje blijkt te hebben verspreid.

"Heb je het al gehoord, Romano wordt opgepakt!" wordt er geroepen. "Zie je wel, ik vertrouwde hem al voor geen meter," zegt Santhusha. Zodra ik de kamer binnenstap, valt het even stil. Als Santusha doorheeft dat ik het ben, gaat ze verder. "Volgens mij heeft het met drugs te maken. Hij kijkt niet voor niets altijd zo wazig uit zijn ogen!" "En hij heeft altijd geld te veel, dat kan ook niet zomaar," vult Esmé aan.

Ik zeg niets, maar het zit me niet lekker. Bovendien kan ik me niet voorstellen dat Romano zoiets zou doen. Maar ik weet inmiddels dat er leipo's op de wereld zijn, dus wat dat betreft sta ik nergens meer van te kijken.

Ik hoor de deur van het kantoor opengaan. "Sterkte, Romano," zegt Sandra. Ze heeft een brok in haar keel. Die twee roddeltantes hebben niks door en blijven maar speculeren over wat er aan de hand zou kunnen zijn. "Hij gaat gewoon de kant van zijn moeder op, de gek!" is het laatste wat ik ze hoor zeggen. Dan ben ik het zat.

"Jezus man!" roep ik naar Santusha. "Je hebt geen flauw idee wat er aan de hand is. Hou die grote bek van je eens, stomme roddeltrut!"

Esmé kijkt me verbaasd aan.

Naar haar roep ik: "En jij ook, jij kan niet eens je eigen teksten bedenken, het enige wat je kan is die kletskop napraten en achter haar reet aanlopen, mevrouw zwaan-kleef-aan! Hoe sneu kan je zijn, zeg!"

Als we aan tafel hadden gezeten, was op dit moment al Esmé's eten uit haar mond gevallen. Verder openvallen dan dit kan niet. Santusha mompelt alleen maar: "Nou zeg, zeker net ongesteld geworden, zij."

Ik schrik van mijn eigen reactie, want normaal gesproken reageer ik nauwelijks op ze. Maar Damian kan er blijkbaar wel om lachen. Hij springt op en doet zijn armen naar voren, draait er rondjes mee voor zich uit en roept: "Go Sannah, go Sannah!"

Het ziet er komisch uit en al snel liggen we allemaal in een deuk. Damian lacht mee en geeft me een knipoog. Ik ben meteen weer vergeten waarom ik zo pissig werd.

Dan schraapt iemand haar keel. Het is Sandra, die nog steeds lijkbleek ziet. "Ga even rustig zitten, jongens," zegt ze. Aan haar gezicht zien we dat het foute boel is. Mijn voorgevoel klopte, vrees ik. Als we op de bank zitten, valt er een pijnlijke stilte. Ik denk dat het maar een paar seconden duurt, maar het lijkt een eeuwigheid. Dan stamelt ze: "Eeeh, ik moet jullie iets vervelends vertellen."

"Romano is opgepakt. Drugs zeker, ik wíst het wel," zegt Esmé triomfantelijk.

Sandra schudt haar hoofd. "Nee," zegt ze. "Wás het maar zo, zou ik bijna zeggen... Zijn moeder is vannacht overleden. Ze is van een flat gesprongen... Romano is nu mee om haar te identificeren."

Ze heeft een brok in haar keel. De tranen springen in mijn ogen en mijn adem stokt. Voor het eerst heeft Santusha ook door dat ze beter even haar grote mond kan houden.

Hoofdstuk 6

Het is maandagochtend. Normaal gesproken zou ik om tien over acht moeten beginnen, maar omdat mevrouw Verharen van wiskunde al twee maanden met zwangerschapsverlof is en ze nog geen vervanger hebben gevonden, heb ik de eerste twee uur vrij. Op mijn rooster staat nog gewoon dat ik de eerste twee uur wiskunde heb, en dat heb ik lekker zo gelaten. Ik sta gewoon om kwart over zes op, neem een douche, maak mijn brood klaar — op maandag eet ik altijd een extra boterham en fruit omdat ik dan zo'n lange dag heb, heb ik verzonnen — en neem de bus van drie over zeven.

Rond acht uur ben ik bij mijn moeder. Ze slaapt nog, zoals gebruikelijk. Ik haal mijn broertje uit bed, geef hem een boterham die ik op de groep heb gesmeerd, was hem, en geef hem schone kleren. Terwijl hij zich aankleedt, raap ik zoveel mogelijk kleren van de grond. Die gooi ik in de wasmachine. Sinds twee weken is het wasmiddel op, daarom gebruik ik afwasmiddel. Ik vrees dat mijn moeder geen geld heeft voor waspoeder.

De kleuterjuf kent mij nog van vroeger en zegt altijd tegen Jonathan dat hij zo blij mag zijn met zo'n lieve zus. Ze geeft hem een aai over zijn bol en zegt iedere maandag weer dat hij er zo lekker fris uitziet.

"Heeft mijn zus gedaan!" zegt hij dan met een big smile.

Soms vraag ik me af hoe hij er dan op andere dagen uitziet. Maar daar denk ik maar niet te veel over na.

Nadat ik Jonathan op school heb gebracht, loop ik door naar de winkel om boodschappen te halen. Als ik bij de groente sta, zie ik ineens bij de ingang Aaron aan komen lopen. Shit, denk ik, woont hij hier! Ik doe alsof ik iets laat vallen en buk. Ik kruip een paar meter over de grond, tot ik bij de wasmiddelen het hoekje om kan. Kennelijk heeft Aaron weinig nodig, want hij loopt al richting kassa. Voor de zekerheid blijf ik nog even staan tot ik hem zijn fiets zie pakken en weg zie rijden.

Van de veertig euro die ik van mijn moeder heb gekregen kan ik precies een grote zak aardappelen kopen, voor zeven dagen vlees, brood, groente en beleg en wat schoonmaakmiddelen. Tenminste, dat hoopte ik. Bij de kassa blijkt het 41,48 euro te zijn. Ik zeg dat ik niet genoeg geld bij me heb en vraag hoeveel de allesreiniger kost. Die is 1,99. Als ik die eraf haal, krijg ik dus vijftig cent terug. Komende week heb ik als weektaak 'huiskamer schoonmaken', en met een beetje geluk kan ik dan wat allesreiniger in een leeg flesje doen en dat meenemen naar mijn moeder, bedenk ik me.

Thuis doe ik de boodschappen in de koelkast. Op een pan met beschimmelde macaroni na is die vrijwel leeg. De macaroni gooi ik weg. Ik leeg de prullenbak, stofzuig de huiskamer en trek de gordijnen open. De was die er nog hangt van vorige week vouw ik op en leg ik in de kast in mijn moeders slaapkamer. Mijn moeder slaapt nog steeds. Ze ligt languit op bed, met haar kleren nog aan te snurken als de reus in het verhaal van Klein Duimpje.

Op de wekker op het nachtkastje zie ik dat het zeven voor tien is. Oei! Over zeventien minuten moet ik op school zijn! Ik heb geen tijd om de was nog op te hangen. Dat moet mijn moeder straks maar doen. Ik geef haar een zoen op haar voorhoofd en ren de deur uit. Nog net op tijd kom ik op school. Als ik binnen ben ontdek ik dat ik mijn jas bij mijn moeder heb laten liggen.

Vandaag heb ik kookbeurt. Ik moet nog boodschappen doen

en morgen heb ik een toets. Als ik straks weer langs mijn moeder moet, haal ik dat nooit allemaal. Bovendien gaat de leiding ongetwijfeld vragen of ik misschien langs mijn moeder ben geweest. Liegen kan ik niet, dan word ik knalrood. Dat hebben ze meteen door. Ik ga gewoon zonder jas terug naar de groep, alsof ik vanochtend geen jas aan had. Dát is nou het voordeel van die wisselende diensten. Vanochtend was Lisa op de groep, en ze heeft echt niet gerapporteerd of ik nou wel of geen jas aan had toen ik vertrok. Vanmiddag zal Sandra niet bedenken dat die bij mijn moeder ligt. Ik kan hem wel een paar dagen missen.

Tegenwoordig heb ik op woensdag het vijfde uur een tussenuur. Met mijn moeder heb ik afgesproken dat ik dan Jonathan van school haal. Ik red het precies om naar zijn school te fietsen en hem thuis te brengen. Daar eten we een boterham en daarna mag hij tv kijken. Ik ben dan net op tijd terug op school voor het volgende uur, zodat niemand merkt dat ik weg ben geweest. Gelukkig mag ik Samira's fiets altijd lenen. Maar toen ik vanochtend op school kwam, bleek Samira ziek te zijn! Ze heeft me een berichtje gestuurd. '*Ziek, srry, fiets in schuur, deur open.*' Shit, dat haal ik nooit!, denk ik.

In de eerste pauze berg ik al mijn spullen op in mijn kastje. Dat scheelt me straks na Engels een hoop tijd. Dan kan ik meteen wegrennen en hoef ik niet eerst langs de kluisjes. Ik kom Romey tegen en regel met haar dat zij na de les mijn boek voor Engels bij zich houdt. Zodra de bel gaat kan ik dan wegsprinten. Romey vraagt waarom ik zo'n haast heb, maar ik heb geen zin om haar alles uit te leggen. Ze is een leuke meid, maar ze praat me een beetje te veel, en ik heb geen zin om het gesprek van de dag te worden.

Tijdens de les kijk ik constant op de klok. Om 11.50 uur zal de bel gaan. Dan heb ik precies vier minuten om bij Samira's huis te komen, één minuut om haar fiets te pakken en vijf minuten om op Jonathans school aan te komen. Als ik geen stoplichten tegen heb, haal ik het precies. Het is 11.49 uur. Ik klap mijn boek vast dicht, zit met mijn pen klaar om het huiswerk op te schrijven en kijk weer op de klok. "Zo jongens," zegt Duindam, "dit was het voor vandaag. Het huiswerk voor morgen is van hoofdstuk 3 paragraaf 3,2 tot en met 3,3. Goed gewerkt, tot morgen allemaal!"

Ik krabbel 3,2,3,3 in mijn agenda, klap hem dicht en schuif hem naar Romeys tafeltje. Maar in mijn haast gooi ik hem iets te hard, waardoor hij aan de andere kant van de tafel op de grond valt. Shit, allemaal blaadjes vallen eruit! Geen tijd om over na te denken! Agenda oprapen, nogmaals op tafel gooien, blaadjes in mijn zak proppen. Eigenlijk nog een geluk dat ze eruit vielen, anders had Romey in mijn agenda kunnen neuzen en al die blaadjes kunnen lezen. Ik moet er niet aan denken! Met gedichten over hoe ellendig ik me voel, hoe eng ik die vriend van mijn moeder vond, enzovoort. Ik maak dat ik weg kom!

De trap is nog leeg en beneden ren ik als eerste de hal in. "Hee, hee, jongedame!" roept de conciërge. "Niet rennen in het gebouw!" "Sorry, Peek!" roep ik.

Ik ren me rot en drie minuten later ben ik in de schuur van Samira. Een minuut voor op schema! Ik haal de fiets naar buiten en spring erop. Bonk. De band is lek! Shit, dat is waar ook, dat had ze gisteren laten weten! Helemaal vergeten! Geen tijd om over na te denken, Jonathan wacht. Ik pak de eerste de beste andere fiets die ik zie. Hij is wel een beetje klein, waarschijnlijk van haar zusje van elf.

Klokslag twaalf uur schiet ik de hoek om van de straat waar zijn school is. Zijn klas staat al met de jassen aan te wachten. De juf noemt de namen op van de kinderen die naar hun ouders mogen. Zo rustig mogelijk loop ik het schoolplein op. De juf ziet me, maar noemt Jonathans naam niet op. Als alle kinderen opgehaald zijn, wenkt ze me. Ik aarzel. Dan loop ik naar de deur. Als er maar niets ergs aan de hand is, schiet er door mijn hoofd.

Beteuterd staat Jonathan naast de juf. "Hij heeft in zijn broek geplast," zegt ze. "Hij had geen schone kleren bij zich, dus heeft hij even een reservebroek aangekregen. Helaas hadden we geen jongensbroeken meer."

Ik kijk naar mijn broertje. Hij heeft een roze legging aan. Ik moet lachen en ben allang blij dat dat alles is wat de juf te zeggen heeft. We lopen het plein af en ik zet hem achterop de fiets. Ik heb mijn jas nog niet terug en hij moet op het harde ijzer van de bagagedrager zitten. Veel last lijkt hij er niet van te hebben. Hij kwebbelt aan één stuk door over hun bezoek aan de kinderboerderij.

De achterdeur is open. In de keuken hangt een vreemde lucht, een beetje zurig. Op de grond liggen lege wijnflessen. Om te voorkomen dat mijn broertje erover valt schop ik ze opzij. In de gang staat een emmer. Ik voel de bui al hangen. Er zit een klonterige, lichtbruine vloeistof in en de geur is niet te harden. Ik gooi hem leeg in de wc en spoel door. Jonathan kijkt toe.

"Mama was ziek vanochtend," zegt hij. "Ik heb goed voor haar gezorgd en haar weer in bed gestopt. Toen ben ik zelf naar school gelopen. Knap hè?!" Hij straalt. "Maar ja, ik ben al vier. Dus ik ben al een beetje groot!"

Ik kokhals. "Ja, lieffie, heel knap!" krijg ik er nog net uit.

Jonathan huppelt vrolijk door de huiskamer. Ik smeer brood en zet Jonathan met zijn eten voor de televisie.

Over negentien minuten moet ik op school zijn. Ik begin aan de vaat. Wat ik maandag heb afgewassen staat nog in het droogrek. Ik heb geen tijd om het op te ruimen en stapel de schone vaat er bovenop. Met nog elf minuten te gaan voor mijn les weer begint, ga ik naar mijn moeder. Op de trap hoor ik haar al. Ik maak haar wakker. Ze mompelt wat.

"Ha, ssschatzzzzie. Auwww, ik heb zo'n hoofdpijn."

Ik zeg dat ik weer naar school ga en dat Jonathan beneden zit.

"Ja, is goed," kreunt ze.

Ik ren de trap af, geef Jonathan een aai over zijn bol, ga naar buiten en spring op de fiets. Hij is een beetje klein voor me, waardoor ik al snel veel vaart heb.

Stoplicht op rood! Te laat komen betekent een rode kaart en een telefoontje naar de groep. Dat kan ik me niet permitteren, dus fiets ik door. Dat gaat net goed. In de straat van school hoor ik de eerste bel gaan. Ik zet de fiets op slot, gooi hem tegen het hek en ren naar binnen. Zo rustig mogelijk ga ik de klas in. Ik realiseer me dat ik zelf nog niet gegeten heb. Als Van Montfoort niet kijkt, prop ik gauw een boterham in mijn mond.

Na schooltijd breng ik de fiets van Samira terug. Vanuit de tuin zie ik haar voor de tv zitten met een deken over haar schoot. Ik klop op het raam. Ze wenkt me naar binnen. Op de tafel voor haar neus staan een beker warme melk en een blikje keelpastilles. Ernaast ligt de verpakking van een chocoladereep.

"Hoe is 'ie?" vraag ik.

"Gaat wel," zegt ze. "Ik heb alleen gezeur met mijn ouders gekregen. Ze zagen je weggaan met mijn zusjes fiets. Nu mag ik geen fiets meer uitlenen, want ze denken dat daardoor mijn band lek is gegaan. Sorry."

Shit, denk ik. Wat nu? Hoe kom ik nu op tijd bij Jonathan? Samira kijkt me aan. "We vinden wel een oplossing," zegt ze. We kletsen nog wat tot ik opschrik van de grote klok die slaat. Vier uur. "Ik had al in de bus moeten zitten!" Ik spring op van de bank. "Beterschap!" roep ik nog voor ik de deur achter me dichttrek.

Als ik de tuin uitkom, zie ik net de bus aankomen. Hij is al voorbij de halte. Ik besluit toch een poging te wagen. Ik zwaai uit alle macht met mijn armen en gebaar. Please, please, stop! zeg ik in mezelf. Mijn tas vliegt uit mijn hand. Ik raap hem op, en als ik weer overeind kom, kijk ik recht in het lachende gezicht van de chauffeur. Hij heeft zijn bus voor mijn neus stilgezet en de deur geopend. "Zo, zo, jongedame," zegt hij vriendelijk. "Jij hebt haast, kom maar snel binnen!" "Bedankt!" zeg ik hijgend, terwijl ik instap.

Nog voor ik ga zitten valt mijn tas open. In de haast ben ik vergeten de rits dicht te doen. Niet alleen mijn etui, maar ook al mijn boeken en mijn telefoon vallen eruit. Terwijl ik de boel bij elkaar gris, ontdek ik dat ik wéér mijn jas ben vergeten. Nou ja, op donderdag ga ik altijd nog even bij mijn moeder langs. Ik moet dan toch bijna een half uur wachten tot mijn bus komt.

Hoofdstuk 7

Op doordeweekse avonden hebben we van zeven tot acht huiswerkuur. Als je geen huiswerk hebt, heb je 'uurtje-voor-jezelf'. Veel te instellingsachtig! Maar aan de andere kant, dan heb ik tenminste even geen gezeur van Santusha of wie dan ook. Vaak zit ik gewoon lekker muziek te luisteren en soms maak ik huiswerk. Ik doe zo min mogelijk, maar ik ga zeker zorgen dat ik overga. Ik wil zo snel mogelijk van deze school af en naar de kappersacademie. Demi komt niet meer op mijn kamer; dat rotwijf van een Santusha heeft ons verraden. Ze kon het niet hebben dat Demi wel bij mij, maar niet bij haar kwam kletsen. Esmé is een paar weken geleden verhuisd en sinds die tijd loopt Santusha steeds op ons te letten. Alsof ze niets beters te doen heeft!

Op dinsdag heb ik altijd een mentorgesprek. Zo ook vandaag. Sinds kort is Aaron mijn mentor, want Sandra is al weken ziek, overspannen geloof ik. Ik wilde bij haar langs, maar ik mocht haar adres niet hebben. Daarom heb ik haar een berichtje gestuurd via Facebook. Tijdens het mentorgesprek bespreken we altijd hoe de afgelopen week is gegaan. Ik maak me ontzettend veel zorgen om mijn broertje, maar dat wil ik niet zeggen. Iedereen denkt dat hij bij mijn oma logeert. Dat was ook zo, totdat ze voor twee maanden naar haar vakantiehuisje in Spanje ging. Ze wilde Jonathan meenemen, maar dat wilde mijn moeder niet. Ik snap het niet, want eerlijk gezegd zag hij er beter uit toen hij bij mijn oma was, dan nu hij weer bij mijn moeder is. En leerplichtig is hij nog niet.

Aaron vraagt hoe het met me gaat.

"Goed," zeg ik. Dat is op zich ook wel zo; ik ga over, doe mijn taken op tijd, heb weinig ruzie met de rest van de groep, krijg nooit op mijn kop, maar gelukkig ben ik niet.

"Ja," zegt Aaron. "Dat idee heb ik ook. Op school doe je je best, en je bent over, hoorde ik van je mentor. Hier lig je goed in de groep en je neemt je verantwoordelijkheden. Mijn complimenten, meissie! Maar nu even iets anders, je weet dat dit een crisis-opvanggroep is en dat je bent aangemeld voor een leefgroep-kamertraining, hè?"

Dat weet ik. Dit is crisisopvang en daar mag je maar zes weken blijven. Eventueel kan dat worden verlengd tot drie maanden in totaal, maar daarna word je overgeplaatst.

"Ken je de Globetrotter?"

Ai, de Globetrotter. Daar was ik al bang voor! Ik krijg een steen in mijn maag. Daar zit Esmé tegenwoordig. Ik wilde overal heen, als het maar niet bij Esmé is! Kennelijk trek ik een zuur gezicht, want Aaron vraagt wat me dwarszit. Ik zeg niks. Ik haal mijn schouders op. Ik kan wel janken. Net nu het hier een beetje begint te wennen en die Esmé is opgehoepeld, moet ik ook daarheen! En ze heeft alle tijd gehad om haar groepsgenoten daar te bewerken en tegen me op te zetten.

Aaron is ook even stil. Hij kijkt me vragend aan. "Het is Esmé, hè?!" zegt hij dan. Ik knik en kijk naar de grond.

"Voor Esmé hoef je niet bang te zijn, hoor. Die doet niks zonder Santusha. Geef haar gewoon een kans en je zult zien dat het een hele leuke meid is. Santusha trouwens ook, maar die combinatie maakt het soms wat minder. Morgen om twaalf uur heb je daar een kennismakingsgesprek. Je hebt toch op woensdag altijd een tussenuur zei Duindam."

Verschrikt kijk ik op. Shit, hebben ze het gemerkt? Ik kijk

Aaron aan. Hij heeft een triomfantelijke glimlach op zijn gezicht.

"Wij zijn niet dom, hoor, Sannah," zegt hij.

Dan kijkt hij wat ernstiger en vertelt hij dat hij zich zorgen maakt. Niet alleen om mij, maar vooral om mijn broertje. Toen hij Duindam had gebeld om te vragen hoe het met mij ging op school, had Duindam verteld dat ik het wel goed deed. Ik kwam weleens te laat, maar dat kwam vast door de bus, dacht hij. Aan het eind van het gesprek had Duindam tegen Aaron gezegd dat hij was gebeld door de ouders 'van een ander meisje', omdat zij zich zorgen maakten.

"Niet alleen om jou," zegt Aaron, "maar ook om Jonathan. Maar dat snap ik niet, want ik dacht dat hij voorlopig bij je oma was."

Shit, Samira! schiet er door mijn hoofd. Ze heeft me verraden!

Op dat moment hoor ik mijn telefoon trillen. Tijdens mentorgesprekken mag je je telefoon niet aanlaten, dus ik probeer het te negeren. "Neem maar op, hoor," zegt Aaron.

Het is Samira, zie ik op mijn scherm. Aarzelend neem ik op. Nog voor ik iets kan zeggen ratelt ze: "Hey, San! Ik moet je iets vertellen. Ik eeeh... mijn ouders weten dat je steeds naar huis gaat. Ze hadden ons al eens horen bellen daarover, maar na dat gedoe met die fiets hebben ze me helemaal uitgehoord. Ik wilde ze niets vertellen, want ik wilde je niet verraden, maar ze dreigden met een maand huisarrest en... het spijt me zo, ik eeh..."

"Ja, is goed, ik bel je later terug," zeg ik.

Ik klap mijn telefoon dicht. Ik probeer me groot te houden, maar voel de tranen branden achter mijn ogen. Ik probeer Aaron niet aan te kijken.

"Gaat het?" vraagt hij. "Sannah, kijk me eens aan."

Dan rolt de ene na de andere traan over mijn gezicht. Hortend en stotend vertel ik het hele verhaal. Van de uren die ik op maandag naar mijn moeder ging. Van de busaansluiting die ik vaak zei te missen, en van mijn oma waar ik helemaal niet op zaterdagen naartoe ging. Na mijn verhaal geeft Aaron me een papieren zakdoek. Ik snuit zo hard mijn neus dat het papier scheurt. Een klodder snot vliegt er doorheen en komt precies op Aarons broek terecht. Door mijn tranen heen kijk ik hem aan. "Sorry," snotter ik.

Als blikken konden doden... Nu verwacht ik helemaal een flinke straf. Toch moet ik, door mijn tranen heen, keihard lachen. Aaron probeert serieus te blijven kijken, ik heb de boel immers flink bij elkaar gelogen. Maar al snel schiet ook hij in de lach. Met een andere zakdoek veegt hij de klodder van zijn broek.

"Wil je hem terug hebben?" vraagt hij. Ik schud mijn hoofd.

"Nee," zeg ik. "Je mag hem hebben als aandenken, voor als ik op de Globetrotter woon."

In de hoop het gesprek van mijn broertje af te leiden, vraag ik wanneer de kennismaking daar ook alweer is en of er iemand met me meegaat. Het blijkt morgen al te zijn en Erik gaat mee.

"Oké, kan ik dan nu weer gaan?" vraag ik. "Ik moet zo nodig plassen." Ik sta op. Maar daar trapt Aaron niet in. Hij wil het nog over Jonathan hebben. Hij geeft aan dat hij blij is dat ik eerlijk heb verteld wat ik de afgelopen weken heb gedaan. Het siert me, vindt hij, dat ik zoveel verantwoordelijkheidsgevoel heb dat ik heb geprobeerd mijn moeder en mijn broertje te helpen. Maar hij zegt ook dat ik daarmee 'het probleem' niet oplos. Mijn moeder drinkt te veel en kan op die manier niet voor mijn broertje zorgen. Bovendien is het voor mij niet vol te houden voor twee anderen te zorgen, terwijl ik eigenlijk nog moet leren om goed voor mezelf te zorgen.

"En die gebroken arm heeft hij ook niet voor niets," zegt hij. "Er is meer hulp nodig, en die kun jij ze niet bieden." Gebroken arm? Jonathan?! Mijn broertje Jonathan?! Ik krijg ineens geen lucht meer en heb het idee dat ik flauw ga vallen. Ik houd me snel vast aan de tafel en stamel: "Jo-jo-jonathan? W-w-wat is er gebeurd? Is het erg?" Ja, natuurlijk is het erg! Mijn broertje, mijn lieve ventje heeft z'n arm gebroken! Maar hoe dan?

"Rustig maar," zegt Aaron. "Het komt wel goed met hem. Gisteren heeft je moeder hem naar het ziekenhuis gebracht. Ze had te veel gedronken en het duurde even voordat duidelijk werd wat er precies was gebeurd. Ze bleek te zijn gevallen. Ze struikelde over Jonathans trein en viel bovenop hem. Gelukkig zag ze vrij snel dat het niet goed met hem was en een vriendin heeft hen naar het ziekenhuis gereden. Bij de spoedeisende hulp bleek zijn arm gebroken. Je moeder is daar nogal boos geworden, omdat ze vond dat ze hem niet snel genoeg hielpen. Ze heeft ruzie gekregen en is uiteindelijk door de politie opgehaald. Op het bureau heeft ze haar roes uitgeslapen. Je broertje is vannacht in het ziekenhuis gebleven. Morgenochtend word ik gebeld door Erik om te horen waar hij naartoe gaat. Want terug naar huis is geen optie, dat begrijp je wel."

Ik voel me nog steeds duizelig. Ik ben ineens zóóó kwaad op mijn moeder! Hoe dúrft ze! Hoe dúrft ze zich vol te zuipen terwijl mijn broertje gewoon thuis is! Van mij hadden ze haar nog wel een paar dagen langer op mogen sluiten. Of een maand! Of een jaar voor mijn part. Of, weet ik hoe lang?!

Net zo lang tot ze van die klote drank af is! Aan de andere kant voel ik me schuldig. Ik had kunnen weten dat het niet lang goed zou blijven gaan. Al die keren dat ik drankflessen vond, dat mijn broertje ziek gemeld bleek te zijn op school. Dat was echt niet omdat hij zelf zo ziek was. Want als ik na school langsging, zag hij er helemaal gezond uit. Dan zat hij doodleuk met zijn bakje chips voor de tv, terwijl mijn moeder in bed lag.

Het lijkt of Aaron mijn gedachten raadt. "Je denkt toch niet dat dit jouw schuld is, hè?!" vraagt hij.

De tranen lopen weer over mijn gezicht. Dit keer door de gedachte aan mijn broertje die helemaal in zijn eentje in het ziekenhuis ligt. Hoe moet dat jochie zich wel niet voelen?

"In het ziekenhuis zorgen ze goed voor hem," zegt Aaron. "Hij slaapt op een zaal met twee andere jongetjes van zijn leeftijd. Ik zal kijken of ik je er morgenochtend naartoe kan brengen, dan kan Erik je daar ophalen. Ik heb je school al gebeld om te zeggen dat je morgen niet komt."

Tussen mijn tranen door word ik kwaad.

"Hoe kan je nu mijn school al hebben gebeld terwijl je mij helemaal niets hebt verteld?!" schreeuw ik. Ik schrik er zelf van. Maar ik vind het zo oneerlijk allemaal!

Als Aaron uitlegt dat hij dacht dat ik het al wist, omdat ze wel doorhadden dat ik vaker naar mijn moeder ging dan ik toegaf, word ik rustiger. Na het gesprek ga ik gelijk naar bed. Ik wil nergens meer aan denken, met niemand praten, niks doen. Gewoon morgen wakker worden en erachter komen dat het allemaal een boze droom was...

Hoofdstuk 8

Ik open mijn ogen en wil ze meteen weer dichtdoen. Verder slapen wil ik, niets anders! Ik droomde dat ik op mezelf woonde. Samen met mijn broertje. Ik zorgde voor hem, deed het huishouden, ging naar school, regelde de gelddingen, alles. Het was zwaar, maar we waren gelukkig. En nergens waren gebroken armen of dronken moeders. Maar ik lig in mijn bed en het was toch echt een droom...

Het is bijna kwart voor negen, over een uur gaan we weg. Tijd zat. Te veel eigenlijk, want ik ben óp van de zenuwen. Wat moet ik tegen Jonathan zeggen? Dat het me spijt? Dat ik het verschrikkelijk vind dat ik hem niet kon beschermen tegen onze brute moeder? Ik heb zo te doen met dat arme ventje! Het enige voordeel van het ziekenhuisbezoek is dat ik kon uitslapen, dat had ik blijkbaar hard nodig. Moeizaam kom ik overeind.

Als een zombie stap ik onder de douche. Ik heb het gevoel dat ik nog half slaap. Aan het eind zet ik de kraan wat kouder. Het helpt een beetje. Ik voel me weer terugkomen op deze wereld. Dan ga ik voor de spiegel staan om mijn haar te doen, ik kan er maar beter een beetje leuk uitzien als ik voor de eerste keer op mijn nieuwe groep kom. Ik schrik van mijn spiegelbeeld. Ineens zie ik dat ik ontzettend op mijn moeder lijk. Dat vind ik nu veel te confronterend. Snel doe ik mijn haar in een staart. Ik loop de keuken in, smeer twee boterhammen met jam en ga aan tafel zitten.

Ik krijg geen hap door mijn keel. Met mijn vingers prik ik in mijn brood. Zo zit ik een paar minuten. Ik staar naar de klok. Jezus, wat gaat dat langzaam. Ik lik de jam van mijn vingers, sta op en gooi mijn brood uit het raam, voor

47

de vogels. Ze komen meteen. Meeuwen, vooral. Terwijl ik sta te kijken hoe ze het brood naar binnen schrokken, zie ik Aaron de straat in rijden om me op te pikken. Hij ziet me voor het raam staan en toetert. Ik trek mijn jas aan en loop naar hem toe. Onderweg probeert hij me een beetje op te vrolijken. Hij maakt grapjes, maar ik kan er niet om lachen. Uit beleefdheid glimlach ik, maar ik ben blij als we eindelijk de parkeerplaats van het ziekenhuis oprijden.

Met een steen in mijn maag loop ik naast Aaron de hal in. "Zo," zegt hij. Hij legt zijn hand op mijn schouder. "Eindelijk zijn we er. Je broertje zal wel blij zijn je te zien." Ik knik en slik de brok in mijn keel weg. We nemen de lift. De deur gaat dicht en het ding komt in beweging. Mijn maag draait zich om. Maar als we even later de lift uitstappen, valt er een pak van mijn hart. De gang waardoor we lopen ziet er heel anders uit dan ik me had voorgesteld. Er hangen vrolijke posters aan de muur en hier en daar staan gekleurde stoeltjes en tafeltjes.

In de eerste zaal rechts ligt Jonathan. Zodra hij me ziet, springt hij zijn bed uit. Dat zijn arm in het gips zit maakt hem blijkbaar niet uit. Hij rent naar me toe. Ik weet niet hoe stevig ik hem moet knuffelen. Zo staan we een poosje. "Sorry," stamel ik. Ik wil me groot houden, maar er rolt al een traan over mijn gezicht.

"Kijk eens," zegt hij, "deze heb ik gekregen." Hij duwt een knuffelbeest in mijn gezicht. Het is een bruin hondje met een wit verpleegstersschort. Stiekem veeg ik mijn traan eraan af. "Wauw," zeg ik, "wat een mooie! Hoe heet hij?" "Een 'zij' is het, en ze heet Sannah, natuurlijk! Nu ben je altijd bij me!" Ik lach. We kletsen en tekenen wat. Na een minuut of tien gaat Aaron weg. Ik blijf bij mijn broertje en het uur vliegt om.

Dan komt Erik aanlopen. Ik durf hem niet aan te kijken, want hij heeft natuurlijk door dat ik gelogen heb. Over dat Jonathan bij zijn oma was, enzo. Maar hij geeft me een hand en zegt tot mijn verbazing dat hij het knap van me vindt dat ik, ondanks al mijn zorgen, zo'n goed rapport had. Hij vraagt me nog even te blijven zitten terwijl hij met Jonathan praat.

Jonathan heeft Erik weleens gezien, maar weet niet wat hij komt doen. Erik vertelt hem dat zijn moeder ziek is en nu even niet voor hem kan zorgen. En dat hij hem straks meeneemt naar een gezin dat zich de komende tijd over hem zal ontfermen.

"Dat heet een crisisopvanggezin," legt hij uit. "Jongere kinderen plaatsen we liever in een gezin dan in een groep."

Als hij aan Jonathan vraagt of hij het begrepen heeft, vraagt Jonathan: "Mama is ziek, heeft ze ook haar arm gebroken?" Erik glimlacht. "Nou," zegt hij, "het is wel een beetje anders, maar ze moet net als jij naar een soort ziekenhuis om weer beter te worden."

Blijkbaar is het voor Jonathan duidelijk genoeg, want hij krijgt grote ogen en zegt enthousiast: "Dan krijgt mama ook zo'n mooie knuffel! Ik denk dat ze hem Jonathan gaat noemen!"

Dan staat Erik op. "Ik haal je straks op, Jonathan," zegt hij. "Nu ga ik even met je zus weg." Ik geef Jonathan een dikke knuffel en ben voor het eerst blij met Erik. Hij regelt het toch maar mooi allemaal.

Onderweg naar de uitgang van het ziekenhuis vraag ik waar mijn moeder precies is. Erik vertelt dat ze na haar nachtje in de cel terug naar huis is gegaan. Volgende week kan ze terecht in een afkickkliniek. Gelukkig ziet ze in dat het zo niet langer kan. De bedoeling is dat ze na een paar weken een dagprogramma gaat volgen. Dan krijgt ze overdag therapie en kan ze in het weekend naar huis. Wanneer Jonathan en ik weer naar huis kunnen, kan Erik niet zeggen. Op dit moment kan het me ook weinig schelen eigenlijk. Dat ze in een dronken bui mijn broertje een gebroken arm heeft bezorgd vind ik onvergeeflijk. Wat mij betreft zorgt ze nooit meer voor hem, en ik hoef haar voorlopig niet te zien ook! In de auto zwijg ik, ik heb geen zin om te praten. Ik voel me in de war. Ik haat mijn moeder! Dat stomme gezuip ook steeds! Als ze moest kiezen tussen mij of een fles drank, wil ik niet eens weten wat ze zou kiezen. Maar ik mis haar ook. En ze doet echt wel haar best. Meestal dan. Ik mis de grappen die ze uithaalde, ik mis haar armen om me heen. Ik mis haar gewoon.

Erik haalt me uit mijn gepieker. Hij vertelt in het kort wat ze zullen vragen tijdens het kennismakingsgesprek. Hij vertelt dat er op de Globetrotter wordt gewerkt met doelen. En dat het de bedoeling is dat ik zelf doelen formuleer. "Immers, als je geen dingen hebt die je daar wilt leren, kun je net zo goed al op jezelf gaan wonen," zegt hij.

Nou, misschien is dat wel wat ik het liefst zou willen. Maar dat gaat een beetje lastig op mijn leeftijd. Eerst mijn diploma maar eens halen.

"Oké," mompel ik.

Erik geeft een paar voorbeelden van dingen die ik volgens hem nog moet leren. "Oké," mompel ik nog een keer.

Gelukkig heeft Erik vrij snel door dat ik geen zin heb om te praten. Hij zet de radio aan. Een ouwelullenzender, dat wel. Maar alles beter dan praten, praten, altijd maar praten. Twintig minuten lang staar ik naar buiten. We rijden op een snelweg. Buiten grazen koeien. We passeren een viaduct en nemen daarna de afslag. Ik neem de weg goed in me op. Grote kans dat ik hier langs rijd als ik met de bus naar school ga. En ik wil natuurlijk sowieso weten in wat voor buurt ik terecht kom. Rechts zie ik een grote parkeerplaats met daarachter een winkelcentrum. Ik zie een supermarkt, een HEMA en een Blokker. De rest kan ik niet zien, want we zijn er al voorbij. Ik hoor wel het gedreun van muziek. Waarschijnlijk van die jongens die op de hoek van de parkeerplaats om een auto heen staan. Een paar honderd meter na het winkelcentrum gaan we naar rechts. Niet ver daarna naar links. 'Globetrotter' zie ik op een straatnaambordje staan. Er staan grote huizen, pakhuizen lijken het wel. Voor nummer 25 stopt Erik. Een paar huizen verderop knipt iemand een heg. Nummer 25 heeft een blauwe deur met glas in het midden. Het raam op de eerste verdieping staat open. Erik parkeert en ik stap uit. Ik kijk omhoog, naar het open raam. Ik hoor stemmen. Eén ervan komt me wel heel bekend voor. Erik belt aan. Na een paar seconden zie ik door het glas iemand aan komen lopen. Ja hoor... Esmé...

"Hé, Sannah," roept ze. "Wat leuk! Hoe is het met je? En met Demi? Ik heb jullie zo gemist!" Ze geeft me een dikke knuffel.

"Ja, goed, hoor," mompel ik.

"Jammer dat de rest nog op school zit, anders had ik je voorgesteld aan al mijn vrienden hier," ratelt Esmé verder. Jaja, denk ik. 'Al m'n vrienden.' Je woont hier nog geen maand, dus zoveel vrienden zul je niet hebben. Zeker niet nu je het zonder Santusha moet doen. Ik glimlach. Eigenlijk vind ik haar gewoon zielig omdat ze nu ineens zo gaat lopen slijmen bij mij. Tot mijn grote verbazing komt Marina aanlopen.

"Ha Sannah!" roept ze. "Wat leuk om je te zien! Je ziet er

goed uit meid!" Ze geeft me een schouderklopje. Marina is een invalkracht. Op de crisisopvang hebben we zo veel lol met haar gehad! Zij deed niet aan 'uurtjes-voor-jezelf' enzo. Dat vond ze maar ouderwets. En meestal aten we bij de tv, in plaats van aan tafel. Of ze dat ook tegen collega's zei weet ik niet, maar wij hielden onze mond natuurlijk! Ik geef haar een dikke knuffel, zo blij ben ik haar te zien. Vanuit mijn ooghoek zie ik Esmé jaloers kijken. Ik doe net of ik het niet zie, maar vind het wel komisch.

We lopen de trap op en gaan de huiskamer binnen voor het kennismakingsgesprek. Marina is er niet bij, omdat ze inval is. Joke, die het gesprek doet, lijkt me op zich ook wel aardig. Al heb ik het nooit zo op dit soort gesprekken. Joke vraagt of ik zelfstandig kan koken. Of ik met geld om kan gaan. Hoe het op school gaat, enzovoort. Ik antwoord dat ik dat allemaal wel kan en dat het goed gaat. Als ze vraagt wat mijn leerdoelen zijn, zeg ik braaf dat ik wil leren omgaan met mijn moeder. Dat moest van Erik. Hij vond dat wel een goed leerdoel. Joke vraagt wat ik daarmee bedoel. Ik kijk Erik aan, want dáár hebben we het niet over gehad. Maar Erik zegt niks.

"Ik wíl helemaal niet met haar leren omgaan!" flap ik er in-eens uit. "Ik wil helemáál niet met haar omgaan! Dat hele mens kan me op dit moment geen moer schelen!"

Mijn stem slaat over. Ik staar naar de muur. De tranen voel ik branden, maar ik probeer het niet te laten merken. Joke kijkt naar Erik. Ze knikt.

"Contact met moeder is een aandachtspunt," zegt ze terwijl ze schrijft.

"En mijn diploma halen," zeg ik snel om op een ander onder-werp over te gaan.

Joke knikt. Ze vraagt of ik nog vragen heb. Ik wil weten of ze hier ook aan 'uurtje-voor-jezelf' doen. Dat doen ze. Shit. En hoeveel zakgeld ik krijg. En wat de bedtijden zijn. Ze geeft me het boekje 'Zo doen we dat op de Globetrotter'. Ze legt uit dat daar alle afspraken in staan die op de Globetrotter gelden 'om er een goede tijd van te maken hier'. Ik vraag zo zakelijk mogelijk hoe vaak ik mijn broertje kan zien. Zakelijk, want ik heb geen zin om emotioneel te worden hier. Joke kijkt Erik even aan en Erik zegt dat hij dat met Jonathans pleeggezin zal bespreken. Ik vraag maar niet naar hun adres, want ik ben bang dat ik dan te horen krijg dat ik dat niet mag weten.

Na het gesprek laat Joke me het pand zien. Beneden zijn de kamertrainingskamers. Die mogen we niet binnen, omdat ze bewoond zijn. Joke vertelt dat die kamers allemaal een eigen keukentje hebben. En dat ze de douche met zijn vieren delen. Net als de wc. Dan gaan we de trap op naar de tweede verdieping. Daar is een smalle gang met vijf deuren. De middelste is van de badkamer, zie ik. De andere zullen van de slaapkamers zijn.

"De meest rechtse wordt jouw kamer," zegt Joke. "Naast die van Esmé. Ik kan je hem pas laten zien als je hier komt wonen, want nu slaapt Raymond er nog. Hij gaat volgende week naar beneden en dan krijg jij zijn kamer."

Precies naast Esmé! Dat heb ík weer!

Hoofdstuk 9

De avond voor mijn verhuizing naar de Globetrotter vieren we mijn afscheid. Ik mag kiezen wat we eten en 's avonds gaan we film kijken. Aaron is er. En tot mijn grote verrassing Marina ook, omdat Sandra nog steeds ziek is. Ik kies voor de gein 'Chuckie 3' uit, speciaal voor Demi. We eten patat en ik ga het bakken. De muziek staat hard aan en luid zingend sta ik in de keuken. Even vergeet ik dat ik hier weg moet en ik heb het erg naar mijn zin. Demi helpt me en dekt de tafel, ook luid zingend. Al maakt dat het er niet mooier op, want hij zingt nog valser dan Chuckie zou doen. Maar hij danst er zo grappig bij, dat ik het voor geen goud zou willen missen.

De snacks zijn klaar. De patat ook, en met een soepele beweging strooi ik er wat zout over. "Aan tafel allemaal!" roep ik. Maar helaas, ik ben iets te enthousiast. De dop vliegt van het zoutvaatje en bijna de hele inhoud kiepert in de schaal. Ik schop tegen het keukenkastje. Ik wil vloeken, maar merk dat Demi naar me kijkt met die geinige ogen van hem. Hij zingt: "'t Is zóut, aan de overkant, 't is zóut aan de overkant!" Als ik hem zo zie, kan ik niet anders dan keihard mee lachen. Tjonge, wat zal ik die gozer missen! We gooien de patat terug in de frituurpan. Zo kan het zout wegbranden en merk je er niets meer van, denkt Demi.

Even later zit iedereen aan tafel. Santusha, met haar grote mond, kan weer eens niet wachten tot we allemaal hebben opgeschept en neemt een hap van haar kroket. Blijkbaar vergeet ze even dat die gloeiend heet is. Ze wordt knalrood en spuugt hem, half gekauwd, weer uit.

"Gadver, Santus, kun je niet even wachten tot iedereen heeft?" vraagt Marina geïrriteerd.

Santusha klokt haar limonade in één keer naar binnen en springt van tafel. Met een hoop lawaai rent ze naar de keuken, waar ze met haar gezicht onder de kraan gaat hangen. Een béetje overdreven. Dat vindt ook Dimitri.

"Hé, Santusha," zegt hij, "de toneelschool, is dat niet iets voor jou?"

Kennelijk vindt hij zichzelf erg geestig. Met een grote glimlach kijkt hij rond of er iemand om zijn grap lacht. Hij hinnikt erbij als een paard. Niemand reageert. Ik krijg bijna medelijden met hem. Hij kijkt naar mij. Ik lach een beetje. Dolgelukkig lacht hij terug.

"Hé, Santusha," zegt hij weer, "is de toneelschool niets voor jou, zo overdreven als je doet?" Weer kijkt hij naar mij. Ik kijk snel weg. Anders gaat hij nog meer 'grappen' maken, vrees ik.

Santusha gaat weer zitten.

"Eet smakelijk," zegt Aaron.

"Heb je wel zout op de patat gedaan?" vraagt Demi. Hij geeft me een vette knipoog. "O, vergeten," zeg ik terwijl ik opsta om het vaatje te pakken. "Niet te veel, hé," zegt Santusha, "dat is slecht voor mijn bloeddruk."

"Ah, joh, dat valt toch wel mee," zegt Dimitri. "Weet je wát slecht voor je bloeddruk is? Drie eetlepels zout, gewoon zó, húp, in je mond! En dórst dat je dan krijgt!"

Had ik maar nooit teruggelachen naar hem, denk ik, want blijkbaar heeft hij de smaak te pakken. Hij zoekt normaal nooit zoveel contact, zeker niet met Santusha.

"Hoe weet jij dat nou? Zoiets zou jij nooit doen, dat dúrf je niet!" roept ze uitdagend. Ik voel de bui al hangen. En inderdaad, Dimitri trapt er vol in.

"O nee?!" roept hij enthousiast. "Wat krijg ik van je als ik het doe?" "Als je drie eetlepels zout eet, krijg je van mij een tientje."

Dimitri springt op, pakt een lepel uit de keukenla en giet de eerste lepel vol zout. Hij neemt een hap en trekt een gek gezicht. Hij probeert het door te slikken, maar het is te droog. Na een hoop kauwbewegingen en nog meer gekke bekken krijgt hij het eindelijk weg. "Gadver, wat zout," brult hij. Hij kijkt alsof hij een halve zee heeft leeggedronken. Snel drinkt hij zijn limonade, maar hij bewaart een klein laagje. Er gaan ongetwijfeld meer happen komen. Je ziet hem denken. Volgens mij heeft hij spijt van zijn actie, maar wil hij zich niet laten kennen. Hij giet zijn lepel nog een keer vol en voor ik het doorheb, heeft hij de tweede hap in zijn mond. Ik word al misselijk bij het idee alleen. Blijkbaar vindt Demi het ook geen goed idee; hij probeert Dimitri tegen te houden.

"Trap er niet in jongen," roept hij. "Laat die tuthola toch kletsen. Laat je niet uitdagen en spuug dat zout uit. Jij gek!"

Voor Santusha is dat juist reden om hem nog meer uit te dagen, want net als hij rood aanloopt, belooft ze hem zelfs twintig euro als hij vier lepels naar binnen werkt. Als Dimitri dat hoort pakt hij zijn glas, gooit hij de laatste slok limonade in zijn mond en probeert hij in één keer de zoute drab in zijn mond door te slikken. Natuurlijk lukt dat niet en hij verslikt zich. Hij loopt nog roder aan. Hij springt op, vult zijn glas met nog meer limonade en klokt in één keer alles weg. Trots doet hij zijn mond open om te laten zien dat die leeg is. Maar dan belandt hij in een hoestbui die hem nog roder aan doet lopen dan hij al was.

Vragend kijk ik Aaron aan, want eigenlijk vind ik het niet kunnen. Iemand moet hier toch iets tegen doen? Aaron ziet

me kijken en seint iets dat lijkt op 'dat moet hij zelf leren'.
"Zo, op de helft," brabbelt Dimitri nauwelijks verstaanbaar.
Zijn keel is zo droog, dat volgens mij heel zijn stembanden
eraan gaan. Hij heeft totaal niet door dat niemand het meer
leuk vindt. Behalve die trut van een Santusha natuurlijk. Die
moedigt hem nog lekker even aan. Voor de derde keer giet
hij zijn lepel vol.

"Als je echt zo stoer bent, Dimitri," zeg ik, "dan stop je nu en
laat je Santusha in de grond zakken."
Hij moet de eer aan zichzelf houden, vind ik. Je ziet hem twij-
felen, maar dan kijkt hij naar Santusha. "Kom op," moedigt
ze hem aan. "Je kan het!"
En daar gaat de derde hap. Hij probeert te slikken, maar dat
gaat niet. Zijn mond is te droog. Hij probeert en probeert.
Uiteindelijk krijgt hij het weg, maar de helft blijft in zijn keel
hangen. Hij verslikt zich. Hoestend en proestend spuugt hij het
zout uit. Op zijn eigen bord. Dat wel, gelukkig. Zijn gezicht
was al rood, maar nu zijn ook de aderen in zijn keel opge-
zwollen en zijn ogen rood doorlopen. Kokhalzend springt hij
van tafel. Hij rent naar de wc. Ondanks de herrie en het gegil
van Santusha, hoor ik hem flink over zijn nek gaan.
"Ben je nu tevreden?" vraagt Aaron. Rustig kijkt hij Santusha
aan. Santusha kan alleen maar lachen, en na een bijdehand "Ja,
zeker, want hij gaat de drie lepels niet halen!" loopt ze naar de
wc. "Jammer joh, je was er bijna!" zegt ze tegen Dimitri. De
schijnheil!

De rest van de avond kijken we film met chips erbij.
Dimitri gaat halverwege de film naar bed, want hij voelt zich
niet lekker. Ik hang tegen Demi aan en beeld me in dat hij die
Chuckie is en Santusha zijn slachtoffer.

Hoofdstuk 10

Op de dag van de verhuizing haalt Erik me op op de groep. Hij heeft mijn moeder bij zich, die gaat ook mee. Het gaat iets beter met haar. Van mij hoeft ze niet zo nodig mee; ik heb de laatste jaren mijn eigen zaken geregeld, dus dit kan ik ook wel. Maar Aaron heeft me overgehaald. "Dat is goed voor jullie band," zei hij. Ja, dat zal wel!

Ik heb mijn moeder een paar weken niet gezien en schrik een beetje. Ik zie nu pas hoe mager ze is. Ze heeft een peuk in haar mond en ik schat dat er meer dan twintig rimpels om haar mond zitten als ze een trekje neemt. Waarschijnlijk heeft ze dat al die tijd gehad, maar het valt me nu pas op.

Als ik de deur opendoe en ze me ziet, gooit ze haar peuk weg. "Kind, wat ben je groot geworden!" zegt ze, en ze geeft me een dikke knuffel. Ze ruikt vertrouwd, een kruising tussen sigaret en haar parfum, waarvan ze voor deze gelegenheid extra veel heeft opgedaan. Ik besef nu ineens hoe ik haar heb gemist en dat maakt me een beetje in de war, want ik wilde koel tegen haar blijven doen. Ik had me voorgenomen haar die gebroken arm van Jonathan nooit te vergeven. Ik druk haar tegen me aan en zie Erik achter haar staan. Hij geeft me een bemoedigend knikje en loopt naar binnen.

Mijn groepsgenoten zijn allemaal op school, er zijn alleen twee pedagogisch medewerkers in huis. De ene werkt er nog maar kort, maar de andere, Aaron, zal ik best missen. Aaron geeft me een hand en wenst me alle geluk van de wereld. Hij weet dat ik er tegenop zie om weer bij Esmé in de groep te gaan wonen. "Maak je niet druk," zegt hij, "jij redt het wel." Ik knik en wil hem bedanken voor alles wat hij voor me heeft gedaan. Voor dat hij niets heeft gezegd terwijl hij wist dat ik soms spijbelde. En voor het vertrouwen dat hij in me had. Maar door de brok in mijn keel komt er enkel "Oké, dag" uit.

Aaron laat ons uit. Hij blijft in de deuropening staan kijken hoe we vertrekken. Erik opent het voorportier van zijn auto voor mijn moeder. "Nee, dank u, meneer," zegt ze plechtig. "Ik ga liever bij mijn dochter achterin zitten."

Ze kijkt hem aan met een gespeeld arrogante blik, terwijl ze hem bijna letterlijk met haar hand wegwuift. Ik probeer serieus te blijven kijken, maar dat lukt niet echt. Zeker niet als mijn moeder naar me kijkt met een blik van 'Wat denkt die man wel niet?' Lachend zwaai ik naar Aaron, die zijn hand opsteekt.

In de auto vertelt mijn moeder honderduit over de groep waarin ze zat tijdens haar therapie. Ze vertelt over ene André, een man van 57, die net als zij alcoholist is. Hij is gezet, een beetje kalig en heeft putten in zijn gezicht alsof hij vroeger behoorlijk wat puisten heeft gehad die daarna zijn gaan ontsteken. De eerste paar keer dat ze naar hem keek, kon ze zich alleen maar inbeelden hoe hij als puber geweest zou zijn. Ze beschrijft een pukkelig, dik, kalend jochie van vijftien, maar op de één of andere manier praat ze nogal liefdevol over hem.

"Volgens mij vind je hem wel leuk," zeg ik.

Ze weet niet hoe snel ze dat moet ontkennen. Maar al gauw geeft ze toe dat ze hem toch wel schattig vindt. Zijn bijnaam is ook niet voor niets 'Lobbes', naar die dikke, goedaardige hond. Ik zie het helemaal voor me: Lobbes die daar met zijn afgezakte, eigenlijk veel te grote, verkleurde spijkerbroek aan komt sjokken. Zonder halsband, dat dan weer wel. En dan mijn moeder met haar magere lijffie, met hangende pootjes achter hem aan… Al snel hebben mijn moeder en ik weer lol zoals vroeger, en voor ik het weet komen we bij De Globetrotter aan.

Gelukkig is Marina in dienst. Ze laat ons binnen, stelt zich voor aan mijn moeder en wijst me de trap. Mijn spullen neem ik gelijk mee naar boven, want mijn kamer is natuurlijk op de tweede verdieping. Bovenaan de eerste trap loop ik achter Marina aan de huiskamer in. Esmé zit daar achter de computer, ze zit te chatten. Als ze me ziet, klikt ze gauw haar gesprek weg en vliegt ze me om mijn nek.

"Hé, schat, ben je daar weer, je krijgt de kamer naast me, leuk hè?!" slijmt ze. Gadverdamme, denk ik, maar ik mompel: "Jaaa, leuk…" Dan ziet ze mijn moeder staan.

"Hallo! U bent de moeder van Sannah, toch?! Wat leuk om u te ontmoeten! Ik ken Sannah al jaren, we zaten samen op de crisisopvang en ze was één van mijn beste vriendinnen!" Gadverdamme, denk ik weer. Ik heb mijn moeder weleens verteld over Esmé. Ik houd mijn hart vast over wat ze gaat zeggen.

"Esmé," zegt ze, "even denken… Ja, nu weet ik het weer! Jij was verliefd op Demi, toch?!"

Dan zie ik op de bank nog iemand zitten; Raymond, zal later blijken. Hij leest in de *Veronica*-gids, maar legt hem, na de opmerking van mijn moeder, meteen weg. Met een glimlach op zijn gezicht kijkt hij nieuwsgierig hoe Esmé gaat reageren. Ze wordt rood.

"O, sorry, meisje," zegt mijn moeder. Ze pakt verontschuldigend haar arm. "Had ik dat niet mogen zeggen?"

Esmé weet niet waar ze het zoeken moet, zeker niet als

Raymond op de grond rolt van het lachen. "Haha, Demi!" roept hij uit. "Bedoelde je hém! En je had het over een knappe jongen, gespierd, lekker bruin en sportief! Een leuke jongen, hoor, die Demi, maar knáp? Laat me niet lachen!" Nu weet Esmé helemaal niet meer hoe ze het heeft. Ze staat te wiebelen op haar benen. "O," stuntelt ze, terwijl ze in al haar zakken graait. "Mijn telefoon gaat, ben zo terug!" Ze draait zich om. Raymond loopt, half krom nog van het lachen, naar de computer en pakt Esmé's telefoon, die ernaast ligt. Hij bekijkt hem. "Hè, wat gek," zegt hij. "Hij ging helemaal niet, ik zie nergens een gemiste oproep staan."

Esmé zou het liefst van de aardbodem willen verdwijnen, denk ik. Ze grist haar telefoon uit Raymonds hand en stampt de trap op. Mijn moeder geeft me een knipoog en trekt een gezicht van 'Heb ik dit allemaal veroorzaakt?'

Marina gaat ons voor naar het kantoor, links van de bank waarop Raymond zat. Het is niet zo groot, maar er passen precies een hoogslaper in en een tafel met vier stoelen. En een computerkast. Ik ga op de achterste stoel zitten, mijn moeder naast me. Marina vraagt of we koffie of thee willen. Ik heb geen trek. Mijn moeder ook niet, maar volgens mij zegt ze dat alleen maar omdat ze hier zo snel mogelijk weg wil.

Het gaat inmiddels wat beter met mijn moeder. Ze heeft al drie weken niks gedronken en vroeg in de auto aan Erik of mijn broertje en ik weer terug naar huis mogen. Maar daar wil Erik niks van weten. Ze moet eerst laten zien dat ze zich aan de afspraken en de bezoekregeling met mijn broertje kan houden.

Marina vertelt dat zij tijdelijk mijn mentor is. Maar zodra

Elske terug is van zwangerschapsverlof, zal zij het overnemen. Ik heb geen flauw idee wie die Elske is, maar ik vind het allang best.

Hoofdstuk 11

Hassan is aan de beurt om te koken. Eigenlijk kan hij dat prima, Marokkaans vooral. Maar vandaag heeft hij niet zo veel zin, zo te zien. Op het pak staat een afbeelding van wraps, mooi in een schaal, opgerold met saus erin en geraspte kaas erover. Als 'serveersuggestie' staat er zelfs een salade bij. Bij Hassan niet. Bij hem ligt er een stapel wraps op een bord, met een grote pan saus ernaast. En een zak geraspte kaas, net opengescheurd, met de helft ernaast.

Hassan pakt de stapel wraps op en mikt er één op elk bord. Gehaast gooit hij er bij iedereen een plens saus overheen. De rode spetters vliegen in het rond.

"Hé, hé, rustig!" roept Esmé, terwijl ze de saus van haar witte shirt lepelt.

Raymond en ik worden er melig van.

"Hé, heb je een nieuw shirt?" vraagt Raymond aan Esmé.

Als blikken konden doden was Raymond nu neergestort, maar dat gebeurt dus niet. Met zijn ogen wijd opengesperd staart hij me aan. Hij brengt zijn hand naar zijn borst, alsof hij ter plekke een hartaanval krijgt.

Marina werkt vandaag en dan is het altijd een zootje. Anderen zouden het nooit goed hebben gevonden als Hassan zijn kookbeurt zo af zou raffelen, maar zij wel. Eigenlijk is het best een grappig mens. Aan de ene kant vindt ze alles goed, aan de andere kant moet je bij haar ook niet té ver gaan, want dan heb je de poppen aan het dansen.

Hassan gaat vrolijk door met saus uitdelen. Hij doet het zo wild dat hij met de opscheplepel een beker melk raakt. Hij probeert hem nog op te vangen, maar daardoor glipt de lepel uit zijn hand, met saus en al. De lepel vliegt door de lucht, ik ontwijk hem, hij komt tegen de muur en valt op de grond. De saus zit overal: aan de muur, op tafel, alweer op Esmé, op Raymond en in mijn haar. De melk is inmiddels over de tafel gestroomd. Het heeft de rand bereikt en druppelt nu rustig op de grond. "Zonde van de melk," mompelt Raymond, terwijl iedereen van tafel vliegt om de saus uit zijn haar en uit zijn kleren te halen.

Marina probeert de boel nog te redden. Ze roept ons terug aan tafel en zegt dat we eerst gaan eten en daarna wel verder zien, maar niemand luistert. De één gaat naar zijn kamer om schone kleren aan te trekken, de ander staat bij het aanrecht zijn T-shirt schoon te maken, en ik ga de douche in om mijn haar uit te spoelen. Even later zit iedereen weer aan tafel en gaan we eindelijk eten. Esmé zit met een chagrijnig gezicht omdat ze haar witte shirt niet echt schoon kreeg. Raymond en ik worden er alleen maar nóg meliger van.

"Weten jullie wat dit is?" vraagt Raymond.

Hij schuift de saus midden op zijn wrap. Hij tilt hem een beetje op en schuift zijn handen eronder. Vervolgens vouwt hij hem dicht, met een opening aan de bovenkant.

"Houd maar op, Raymond," zegt Marina. "Ga maar gewoon eten, ik wil het niet weten."

Raymond gaat door.

"En, weten jullie het al?" vraagt hij met een big smile.

"Ga niet lopen spelen met je eten!" zegt Marina.

Raymond aarzelt even, houdt zijn handen stil, en zegt: "Ik wilde alleen maar laten zien wat er met een puist gebeurt als hij gaat zweren."

"Ik waarschuw je!" roept Marina.

Raymond is niet te stoppen. Hij knijpt in de wrap, die uiteindelijk openscheurt. Alle saus loopt eruit, over zijn handen heen.

"Zo, nu is-tie uitgeknepen," zegt hij droog.

"En nú is het genoeg!" schreeuwt Marina. Ze wijst naar de deur. "Wegwezen! Ik hoef je vanavond niet meer te zien!"

Raymond schuift zijn stoel naar achteren, staat langzaam op, haalt zijn schouders op en mompelt: "Nou, sorry, hoor, ik gaf alleen maar een beetje informatie over persoonlijke hygiëne."

Hoofdstuk 12

Gelukkig kan op ik mijn oude school blijven. Het is wel anderhalf uur reizen, maar dat heb ik er wel voor over. Tenminste, zolang ik niet langer onderweg ben dan dat ik op school zit. Als ik drie lesuren heb, heb ik honderdvijftig minuten les. Dan ben ik langer onderweg dan dat ik in de klas zit. Dat is zonde van mijn tijd, vind ik. Ik hang dan wat in de stad of ga naar een internetcafé.

Vandaag was ik wel van plan naar school te gaan. We hadden de eerste drie uur vrij, en toen ik toevallig om half tien wakker werd, had ik tijd genoeg om de bus te halen. Maar toen ik eenmaal in de bus zat, bleek dat ik mijn boeken was vergeten. Zonder boeken zou ik sowieso de klas uitgestuurd worden, dus ik stapte uit bij het winkelcentrum. Ik had nog een paar euro in mijn zak en ik had wel trek in een reep chocola.

In de winkel zie ik Marina ineens aan het eind van het gangpad. Shit, dat is waar ook, op dinsdag doen ze altijd grote boodschappen! Ik wacht tot ze het volgende gangpad in gaat en glip snel naar de kassa's. Daar liggen altijd de Marsen en de Nutsen. Eigenlijk heb ik meer trek in een echte reep chocola, maar ik durf niet verder de winkel in. Dan maar een kingsize Mars. Bij de kassa gieren de zenuwen door mijn lijf, ik ben als de dood dat Marina me ziet.

Voor me is een oud vrouwtje haar portemonnee aan het zoeken. Het lijkt wel of ze alles in *slow motion* doet, zo langzaam gaat het. Ze hoeft alleen maar een maaltijdsalade af te rekenen. Eindelijk haalt ze een briefje van vijf tevoorschijn. Schiet op, mens, denk ik. Ze wil het biljet aan de caissière geven, maar dan laat ze het uit haar handen vallen, ook dat nog. Ik kijk achterom en in de verte zie ik Marina aankomen. Ze staat bij de groenten en daarna zal ze klaar zijn, vermoed ik. Gelukkig moet ze wachten met afwegen tot de vrouw voor haar klaar is. Dat kan wel even duren, want die heeft een klein meisje in het karretje, dat roept: "Ikke doen, ik doen!" Het kind drukt op een paar knoppen en er rollen meerdere etiketten uit het apparaat.

De oude vrouw zoekt ondertussen haar briefje. Ik buk, raap het voor haar op en geef het aan de caissière. De vrouw krijgt het wisselgeld. Vanuit mijn ooghoek zie ik dat Marina nog steeds op het etikettenapparaat staat te wachten, dat nu echt op tilt is geslagen. Opgelucht haal ik adem.

"O ja," zegt de vrouw dan, "ik had nog een statiegeldbon."

Tot mijn schrik zie ik dat er inmiddels een winkelmedewerker bij de weegschaal is gekomen. Hij zegt tegen Marina dat er bij de kassa's ook een weegschaal staat. Ik kan geen kant op, het liefst zou ik nu door de grond zakken.

Dan opeens hoor ik de stem van Esmé. Ik ben in mijn hele leven nog nooit zo blij geweest haar te zien als nu. "Hee, Sannah," zegt ze, "waarom sta je daar, ik heb al afgerekend, hoor, schiet nou op, zo komen we te laat op school!"

Snel en met een rood hoofd, zeg ik: "O, ik was je al kwijt!" Ik wurm me tussen de oude vrouw en het sigarettenrek door. "Sorry!" roep ik.

Ik ren naar Esmé. Achterom kijken durf ik niet, maar ik geloof dat ik een paar pakjes sigaretten hoor vallen. We rennen de winkelstraat door, langs de kledingzaak, de groenteboer en de bakker. Dan schieten we een steegje in. Daar kunnen we uithijgen. Ik kijk Esmé aan, die hard staat te lachen. "Jij bent ook niet slim, hè," zegt ze. "Je spijbelt zeker nooit! Les één: Ga nooit naar het winkelcentrum op dinsdagochtend.

Les twee: Ga nooit naar het winkelcentrum op vrijdag, want dan is het markt en loopt Dennis hier te shoppen. Hij woont hier in de buurt en gaat altijd op vrijdag met zijn vrouw naar de markt. De ene keer 's ochtends, de andere keer 's middags, dus neem liever geen risico en blijf dan uit de buurt. Hé, wat heb je daar trouwens?"

O, shit, die Mars. Helemaal vergeten af te rekenen! Ik probeer te verzinnen hoe ik hem ongezien terug kan leggen, of alsnog kan afrekenen, maar Esmé heeft hem al uit mijn handen gegrist en neemt een flinke hap.

"Hier, neem ook een stuk," dringt ze aan als ze me ziet aarzelen. Nu kan ik hem sowieso niet meer terugleggen, dus ga ik er maar van genieten. Ik zet mijn tanden erin en kijk Esmé aan. Met een grote grijns kijkt ze terug. We schieten in de lach. "Kom," zegt ze, "ik ga je mijn favoriete plek laten zien."

Ze trekt me aan mijn arm mee het steegje door. Aan het eind ervan steken we de straat over. We lopen een parkje in, passeren een vijver met een paar oude mannetjes op een bankje en komen bij een soort muurtje uit. Esmé klimt erop en springt er aan de andere kant vanaf. Ik volg haar en klim, net als zij, een grote boom in. De boom loopt op een paar plekken over in enorme takken. Tussen de stam en de takken kunnen we precies zitten. Esmé zit op de hoogste, ik schuin eronder. Zo zitten we een tijdje. Ik denk aan niks. Of aan van alles. Aan school, aan mijn moeder, aan mijn broertje, aan of het iemand opvalt dat ik hier ben en niet op school...

"Waarom ben je eigenlijk niet naar school gegaan?" vraagt Esmé ineens. "Je bent zo'n braverik, toch?!"

Ik haal mijn schouders op. Eigenlijk weet ik het zelf niet eens. De laatste tijd heb ik niet zo'n zin meer in school. Ik vind de reis te lang en mijn klasgenoten snappen sowieso niets van me. Zij hebben het alleen over make-up, MTV en dat soort onzinnige dingen. Daar ben ik totaal niet mee bezig. Ik heb wel wat anders aan mijn hoofd dan welke kleur nagellak ik vandaag eens op zal doen. Lekker belangrijk, als je niet eens bij je broertje kunt zijn. Het gaat nu wel goed met hem, hij woont weer in een ander pleeggezin. Maar echt gezond lijkt me dat niet, steeds te moeten verhuizen. Ik heb zelf al niet eens zin om me weer aan te moeten passen aan mijn nieuwe groep. Dus hoe zou dat dan voor een mannetje van vier zijn?

Voor ik het doorheb, vertel ik Esmé waarom ik op de Globetrotter woon. Ze zegt niets. Pas als ik ben uitgepraat, kijkt ze me aan. Ze zucht.

"Jeetje," zegt ze, "en ik dacht altijd dat jij gewoon een verwend kind was dat niet met haar ouders op kon schieten." Ik lach, want zo dacht ik juist over haar. "Zo, moet jij zeggen!" flap ik eruit. Verbaasd kijkt ze me aan, maar dan heeft ze hem door. "Nou, was het maar zo'n feest! Ik ben echt niet verwend, als je dat soms denkt!"

Ze vertelt over haar verleden. Over haar vader die zo veel dronk, dat hij na een liter whisky nog steeds niet aangeschoten was. Pas als hij 's avonds uit de kroeg kwam, was hij straalbezopen. En agressief. Regelmatig sloeg hij de boel kort en klein, alleen maar omdat zijn favoriete spijkerbroek nog niet gewassen was. De druppel was dat hij, toen Esmé elf was, de deur eens intrapte omdat haar stiefmoeder hem, lazarus als hij was, niet wilde binnenlaten.

"Als de buren 112 niet hadden gebeld, had mijn stief het niet na kunnen vertellen," zegt ze.

Esmé was haar bed uit gegaan en bovenaan de trap gaan kijken waar de herrie vandaan kwam. Ze zag hoe haar vader een stoel pakte en naar haar stiefmoeder gooide. Die kon net op tijd bukken en rende gillend naar buiten, zo in de armen van de inmiddels aangekomen agenten. Haar vader is onder een hoop gevloek en getier weggevoerd. Esmé heeft daarna een half jaar bij haar moeder gewoond. Aangezien zij geen vaste woon- of verblijfplaats had en ze Esmé min of meer aan haar lot overliet, is Esmé door Bureau Jeugdzorg naar de crisisopvang gebracht.

Ik vraag of ze nog contact met haar ouders heeft. Ze schudt haar hoofd. Ze hoeft ze ook niet meer te zien, zegt ze. Ze heeft nog twee halfzusjes, maar die zijn pas vijf en wonen bij haar stiefmoeder.

"Mijn stiefmoeder wil geen contact met me, omdat ik haar te veel aan haar ex doe denken," zegt ze. "Alsof ík ervoor gekozen heb op mijn pa te lijken!"

Zo kletsen we de hele middag. Hoewel het al eind september is, is het nog aardig warm. Gelukkig maar. Eigenlijk hebben Esmé en ik best veel overeenkomsten, bedenk ik. "Jij hebt twee kleine zusjes waar je je zorgen om maakt, ik een klein broertje," zeg ik. "Jij hebt met alcoholisme te maken gehad, ik ook. Jij bent in de crisisopvang geplaatst, ik ook." "En jij zit hier op een tak te spijbelen, en ik ook!" vult ze aan. Eigenlijk is Esmé best oké, moet ik bekennen. Na een tijdje durf ik dat ook tegen haar te zeggen en ik vertel haar zelfs dat ik haar eerst maar dom vond. Echt een zwaan-kleef-aan van Santusha. Ze glimlacht beschaamd.

"Tja, Santusha…," mompelt ze.

Ze vertelt dat ze sinds haar vertrek naar de Globetrotter geen contact meer met haar heeft gehad.

"Weet je," zegt ze, "achteraf vond ik het eigenlijk ook best lomp hoe ik deed daar in de crisisopvang. Maar ja, aan de andere kant, ik wist ook niet wat me overkwam, ik had nog nooit in de jeugdhulpverlening gezeten en dan kom je ineens in zo'n groep en dan doe je ook maar je best om erbij te horen. Dus de eerste de beste met wie ik contact kreeg, daar probeerde ik maar vrienden mee te worden. En dat was toevallig Santusha. Toen jij binnenkwam, leek je me best aardig, maar zij wilde niets van je weten. Aangezien ik geen zin had om door haar afgezeken te worden, bleef ik maar aan haar kant staan. Ik had echt respect voor je, hoe jij gewoon jezelf bleef daar!"

Aan haar gezicht te zien meent ze het. Ze lijkt zich zelfs te schamen voor haar gedrag. Ze kijkt naar de grond.

"Sorry, dat ik zo achterlijk deed daar," zegt ze.

Ik ben even stil, deze kant van Esmé vind ik veel leuker dan die 'air' van haar in de crisisopvang. "Maakt niet uit, joh!" zeg ik lachend, terwijl ik aan mijn actie bij de kassa denk.

"En trouwens, je hebt me wel gered net, dus dat zit wel goed."

In de verte rijdt een bus. Ik realiseer me dat ik al terug van school had moeten zijn. Ik pak mijn tas en spreek met Esmé af dat ik nu ga, zodat ik niet veel later thuis zal zijn dan anders. Zij komt over een kwartiertje, anders valt het te veel op.

Hoofdstuk 13

Ik zit in mijn dagboek te schrijven als er op mijn deur wordt geklopt. Het is Marina. Of ik over tien minuten naar het kantoortje kom, voor ons eerste mentorgesprek. Ik vind het best, het zal wel gewoon een kletspraatje worden. Dus ik blijf nog lekker even op mijn kamer schrijven, muziekje aan, een beetje meezingen. Je kent dat wel. Na een kwartiertje ga ik op mijn gemak naar beneden, naar het kantoortje. Daar zit Marina, met een blaadje voor haar neus met een hoop gekrabbel erop. Ik gluur over haar schouder om te kijken wat er staat. Maar ik kan het niet echt lezen. Er staat iets van 'school' en 'bellen', maar verder kan ik er geen wijs uit worden. Marina ziet dat ik meegluur en trekt het blaadje weg.

"Hoi," zegt ze, "ga daar maar zitten." Ze knikt met haar hoofd naar de stoel aan de andere kant van het bureau.

Ik plof op de stoel en kijk uit het raam.

"Eeeh, ik heb weinig tijd," zegt ze. "Ik moet nog een hoop dingen doen dit uur. Ik zal meteen beginnen. Hoe gaat het met je?"

Huh? Zo ken ik haar helemaal niet, gaat ze ineens officieel doen, ofzo?

"Ja goed," zeg ik. "Dank u, en met u?"

Marina kijkt me twee seconden aan. Haar mond staat wijd open. Oeps, geen leuke grap, denk ik. "Nou, sorry hoor," zeg ik gepikeerd. "Ik maakte maar een geintje, je doet zo serieus ineens."

"Ach, ja kind, je hebt gelijk, sorry, maar ik moet echt even een paar dingen doen straks, dus ik ga het kort houden. Hoe gaat het met je? En met je moeder?"

"Eeh, ja, met mij gaat het wel goed," zeg ik. "En met mijn moeder ook, geloof ik."

"Oké, mooi. Ik ben het even kwijt, hoe vaak zien jullie elkaar tegenwoordig?"

Pff, daar ben ik helemaal niet mee bezig op dit moment. Ik zit meer in mijn hoofd met hoe ik Raymond kan laten weten dat ik niet naar zijn kamer kan zometeen. En dat ik gisteren niet naar school ben geweest maar langs mijn moeder, kan ik natuurlijk niet zeggen.

"Eeeh, ik weet niet, van de week kwam ik haar tegen toen ik van school kwam. Maar een vaste bezoekafspraak heb ik niet, die zouden we hier nog bespreken," lieg ik.

Marina vraagt hoe ik het zelf zou willen, met bezoek-afspraken. Volgens mij is ze straal vergeten dat er allang een bezoekregeling is. De bedoeling is dat ik om het weekend op zaterdag bij haar langsga. Maar daar heb ik me eigenlijk nooit echt aan gehouden. Ik begin een heel verhaal over dat ik hier echt wil gaan wennen, een bijbaantje wil gaan zoeken en misschien wil gaan sporten. En dat dat lastig wordt als ik iedere zaterdag naar mijn moeder moet, want dan word ik natuurlijk nergens aangenomen. En soms heb ik het druk met school. En bij mijn moeder lukt het toch niet om huiswerk te maken. Bovendien heb ik soms een tussenuur. Iedereen kan dan naar huis, behalve ik. Dan zou ik graag even bij mijn moeder langsgaan. Het liefst zou ik geen vaste bezoekafspraken hebben, maar gewoon per keer of per week overleggen. Ik sta versteld van mijn eigen verhaal. Het klinkt echt geloofwaardig! En dat vindt Marina ook.

"Meid, wat ben jij gegroeid zeg!" zegt ze. "Volgens mij heb je behoorlijk goed geleerd wat belangrijk is en wat niet. Ik vind het prima. Zullen we afspreken dat we geen vaste afspraken maken, maar dat je, zolang je school er niet onder lijdt, gewoon iedere week wel een keer naar je moeder kan? Maar als dat na schooltijd is, bel dan wel even. Anders zitten we voor niks op je te wachten hier."

Ik knik. Zo, dat is geregeld. Van die stomme regels van Erik ben ik af.

Marina streept het woord 'moeder' door en zet er een pijltje achter met iets dat op 'flexibel' lijkt.

Dan zet ze haar pen op het volgende woord. "School," zegt ze. "Hoe is het daarmee? Je zit in je eindexamenjaar, toch?! Wat goed dat je op je eigen school kon blijven!"

"Ja," zeg ik.

"Hoe is het met Samira? Trek je nog veel met haar op?"

Samira... Samira is een schat van een meid hoor, daar niet van. Maar de laatste tijd ga ik niet zo veel met haar om. Ik vind haar veel te braaf. Ik had haar een beetje verteld over waarom ik steeds niet op school ben en over die Mars enzo. Vroeger zouden we helemaal krom liggen van dat soort verhalen, maar nu keek ze me alleen maar boos aan.

"Je bent verkeerd bezig, hoor, San, ook met dat spijbelen enzo," zei ze. "Als ze daar achter komen, heb je echt een probleem."

Bah, dacht ik, gaat zij nu ook al lopen zeiken?

"Ach," zei ik. "Dat jouw leventje nou zo... eeeh... prinsesachtig is, dat kan ik ook niet helpen. Maar geloof me, mijn leven is spannender dan dat van jou in je prinsessentorentje!"

Boos liep ik weg. Later op de dag deden we wel weer normaal tegen elkaar, maar ik voelde dat er iets was veranderd tussen ons. Misschien is dat maar goed ook. Ze is ook zóóó braaf. En dat past nu even niet bij mij, het is tijd voor lol in mijn leven.

O ja, ik zit hier bij een mentorgesprek. "Ja, gewoon, zoals altijd," antwoord ik.

"Oké, mooi, doe haar maar de groeten van me," zegt Marina. "Leuke meid, hoor, die Samira. En hoe heet je mentor dit jaar? Dan bel ik hem een keer om kennis te maken."

En zo gebeurde het, Marina heeft De Zeeuw gebeld. Ze gaat een keer langs op school. Van mij hoeft dat helemaal niet. Tot vorig jaar deed ik altijd wel mijn best, maar nu heb ik daar echt helemaal geen zin in. Sinds ik Esmé tegenkwam in de supermarkt, ben ik nog vaker gaan spijbelen. We hangen dan wat rond in het park ofzo.

Maar de afspraak staat, op dinsdag 25 september om vier uur 's middags gaat Marina naar mijn school. Daar zie ik onwijs tegenop, want ik voel de bui al hangen. Ze denkt dat het heel goed gaat allemaal. Dat gaat het ook wel, zolang je niet naar mijn absentie-uren kijkt. Maar áls ik er ben, hebben ze geen last van me. Ik zit gewoon in de klas wat voor me uit te staren. Met de meiden uit mijn klas heb ik nauwelijks meer contact, die zijn toch met kinderachtige dingen bezig. Dinsdag 25 september ga ik braaf naar school. De dag ervoor ben ik ook geweest. Dan kunnen ze daar tenminste niet over zeuren. Om klokslag vier uur sta ik bij het lokaal van De Zeeuw te wachten tot Marina er is. Ik zie niemand. Geen Marina in ieder geval. Om vijf over vier nog steeds niet, ook niet De Zeeuw. Ik twijfel of ik wel bij het goede lokaal sta. In de verte zie ik De Zeeuw lopen. Hij neemt de trap naar beneden, terwijl ik had verwacht dat hij naar zijn lokaal zou komen. Ik hol hem achterna. "Meneer..."

Hij draait zich om. "Hé, Sannah," zegt hij verbaasd. "Ben je nog niet naar huis?"

"Ik heb toch een gesprek nu?"

"O, wist je dat niet? Je mentrix belde. Er was iemand ziek op de groep en nu moet zij die dienst overnemen, dus dat gesprek wordt verzet."

"Heb ik daarom al die tijd zitten wachten?!"

"Wist je dat dan niet?"

"Nee, hoe had ik dat kunnen weten?"

"Tja, dat weet ik ook niet, in ieder geval moeten we een nieuwe afspraak maken. Maar nu ik je toch zie, ik wil binnenkort met je praten, want volgens mij gaat het niet helemaal goed met je. Ik heb nu alleen geen tijd, maar ik spreek je binnenkort, goed?"

"Best," zeg ik.

Ik loop weg. Ik baal er ontzettend van dat ik drie kwartier heb zitten wachten. Had Marina me niet even kunnen bellen? Aan de andere kant, zo ben ik er wel mooi onderuit gekomen! En met een beetje geluk gaat dat hele gesprek niet door, ik heb al iets bedacht.

Trouwens, na de herfstvakantie komt Elske terug van zwangerschapsverlof. Ik heb haar nog nooit gezien, maar wel over haar gehoord. Volgens mij is ze goed in de maling te nemen. Als ik dat gesprek tot na de herfstvakantie kan rekken, en met een stalen gezicht tegen Elske zeg dat er allang een kennismakingsgesprek is geweest, ben ik daar mooi vanaf.

Als ik terugkom van school, is Marina inderdaad in dienst. Het is inmiddels half zes. Het is koud en ik heb hartstikke honger. Ik kijk om het hoekje de keuken in, maar zie niemand staan. Shit, er is nog niet eens begonnen met koken! Ik smijt mijn tas in de hoek van de huiskamer en plof op de bank. Marina komt het kantoortje uit.

"Ha, Sannah," zegt ze. "Wat ben je laat, jij hebt toch altijd koken op dinsdag?" Geïrriteerd kijk ik haar aan. "Wat is er? Jij hebt toch altijd kookbeurt op dinsdag?" vraagt ze nog een keer.

"Ja, maar vandaag niet!" snauw ik. Krijgen we dat ook nog! "Hoe bedoel je, vandaag niet?"

"Nou, gewoon, vandaag niet!" Ze kunnen toch niet verwachten dat ik eerst tot half zes op school zit, en dan nog ga koken! Bovendien kan ze wel even sorry zeggen omdat ze me voor niks heeft laten wachten. Ik grijp mijn tas en stamp naar boven. Ik sla de deur dicht en laat me op mijn bed vallen. Shit, nu gaan we nóg niet eten!

Maar wie wat bewaart die heeft wat! Vandaag heb ik mijn brood niet opgegeten. Ik graaf een plat geworden, kleffe boterham op uit mijn tas. De kaas haal ik eraf, die stinkt naar zweetvoeten en gooi ik uit het raam. De kaas komt in de dakgoot terecht. Daar wordt die vast wel opgegeten door een vogel. Ik stuur Esmé een berichtje.

"Waar zit je?"

"Hiernaast en gooi niet zo met deuren! ☺ ☺ ☺," schrijft ze terug.

Ik merk dat mijn boze bui een beetje zakt en ik ga naar haar toe. Ik ben nog maar net op haar kamer, of ik hoor iemand de trap op komen. De deur van Esmé's kamer gaat open en Marina staat voor de deur.

"Ik verwacht je over één minuut beneden!" zegt ze tegen mij. De deur gaat weer dicht. Esmé kijkt me aan. "Waar slaat dit op?" vraagt ze. Ik haal mijn schouders op. "Gewoon, gezeik. Ze denken toch niet dat ik nu nog ga koken?"

Ik blijf zitten en we kletsen wat bij. Esmé was met Raymond en Johan naar het park gegaan. Daar hadden ze dezelfde truc uitgehaald als toen met mij, met die Mars. Maar dan met

Breezers. Aan de ene kant moet ik erom lachen, aan de andere kant baal ik dat ik er niet bij was. Ik zat braaf twee dagen op school, omdat ik dat gesprek zou hebben. Dacht ik. Marina klopt weer op de deur. Nu een stuk harder. Esmé heeft nog geen 'Ja' gezegd, of Marina doet hem al open. "Sannah, nú!" zegt ze. Ze wijst naar de gang. "Ja, rustig maar," zeg ik en ik sjok de kamer uit. Ik loop naar het kantoor en plof op de stoel. "Wanneer gaan we eten?" vraag ik. "Ik heb honger." Marina kijkt me boos aan. "Hier heb je geld, je weet de weg. We zijn met zijn zevenen vandaag." Ze strekt haar arm in mijn richting. Volgens mij is het de bedoeling dat ik dat geld aanpak, maar ik ga echt geen boodschappen doen nu! Boos stamp ik het kantoortje uit. Marina heeft nog steeds haar arm gestrekt, dus ik stoot ertegenaan. Het geld, een briefje van tien en wat losse munten, valt uit haar hand. Ik hoor de munten over de vloer rollen, maar het interesseert me niks. Ik ren naar boven, knal de deur van mijn slaapkamer dicht en draai hem op slot. Ik zet mijn muziek zo hard aan, dat ik niets of niemand meer hoor.

Een half uur later ruik ik kookluchten. Ik weet niet wie er is gaan koken, maar ík ben het niet. Maar dat maakt niet uit, ik ben allang blij dat er eten wordt gemaakt. Na een kwartier wordt er weer op mijn deur geklopt. Ik heb geen zin om open te doen en blijf op mijn bed liggen. Ik staar naar het plafond. "Hé, joh, muts, doe open! We gaan eten!" roept Esmé aan de andere kant van de deur.

Ik slaak een diepe zucht, kom overeind en zet de muziek uit. Achter Esmé aan loop ik de trap af. We gaan aan tafel zitten. Dan komt Marina het kantoor uit.

"Jou wil ik na het eten nog even spreken," zegt ze.

Ik haal mijn schouders op en schep macaroni op. De helft valt naast mijn bord, maar dat maakt me niet uit. Ik neem meteen een grote hap en daarna nog één.

"Zo, kun je niet even wachten tot iedereen heeft?" vraagt iemand. Ik kijk op. Prisca. Ze heeft twee ovenwanten aan. Ach, Prisca! Zij heeft gekookt vanavond, wat goed! Ik vind haar echt steeds cooler, ze doet precies waar ze zin in heeft, het maakt haar niet uit wat anderen van haar vinden en toch is ze een schat.

"Morgen mag jij voor mij koken," zegt ze.

"Oké," zeg ik.

Ik leg mijn vork neer en wacht tot Prisca bij iedereen heeft opgeschept. Als ze klaar is, kijkt Marina naar mij.

"Zo," zegt ze. "Eet smakelijk allemaal, dankzij Prisca konden we toch aan tafel."

"Wat zit je nou te kijken?" vraag ik. "Had je niet even kunnen doorgeven dat dat gesprek niet doorging vandaag! Ik heb godver drie kwartier voor niks in dat zeikgebouw op je zitten wachten!"

Marina kijkt me niet-begrijpend aan.

"Zitten wachten, op mij? O, wacht even, je bedoelt op school? Hadden ze niet doorgegeven dat het niet door zou gaan? Ja, sorry, dat kon ik toch niet weten!"

"Nee, dat kon je misschien niet weten, maar je had wel normaal kunnen doen toen ik thuiskwam. En je had gewoon kunnen vragen waarom ik zo laat was! Maar nee, hoor, jij begon meteen te snauwen dat ik laat was en nog boodschappen moest doen! Bovendien zou Dennis vandaag voor mij koken omdat ik dat gesprek had. Kan ik er wat aan doen dat hij dat niet heeft overgedragen?"

Ik prop mijn mond vol. Best lekker die macaroni. Marina is even stil.

"Oké," zegt ze dan. "Daar heb je misschien wel gelijk in. Sorry… Maar als er nou volgende week weer zo'n misverstand is, zeg dat dan gewoon tegen me. Dan hoef je niet meteen een grote mond te geven en naar boven te stampen."

Ja, het is best met je, denk ik. Jij zit fout en nu draai je het zo dat ík degene ben die volgende keer anders moet reageren. Maar ik houd me in. Ik heb geen zin in nog meer geouwehoer, ik heb gewoon honger.

"Ok," zeg ik daarom, terwijl ik Esmé aankijk.

Marina knikt en neemt nog een hap. Wij kunnen ons lachen nauwelijks inhouden. Echt lachen dat ze hier nog steeds denken dat 'ok' een afkorting is van 'oké'. Als ze eens wisten dat dat eigenlijk 'opkankeren' betekent…

Hoofdstuk 14

Het is herfstvakantie en we gaan op vakantie. Voor het gemak noemen we het 'kamp'. Met mijn huisgenoten heb ik weken lopen zeuren om naar een luxueus appartementencomplex in Turkije te gaan. Dat leek me wel lekker. Ons helemaal vol eten bij het ontbijtbuffet en dan meteen door naar het strand. Een beetje dobberen op een luchtbedje, 's middags wat 'versnaperingen' — wat dat ook mag betekenen —, wat chillen bij de zwembadbar en vooral leuke jongens kijken. 's Avonds vette patat met knakworsten eten en daarna met mijn bruingebrande huid naar de disco. Ik zie het helemaal voor me. Al vraag ik me af of Kelvin door de douane zou komen. Zodra hij ook maar één voet in de vertrekhal zet, zullen de drugshonden aanslaan, denk ik. Misschien toch niet zo'n goed plan. De leiding dacht er net zo over, dus dat gaat helaas niet door.

Het werd een actievere vakantie, dat was goed voor de *teambuilding*, vonden ze. We schijnen een kampeerboerderij te hebben gehuurd op een soort schiereiland. We slapen in een kampeerschuur met twee zalen. Eén voor de jongens en één voor de meiden. De pedagogisch medewerkers hebben een eigen kamer.

Er is een heel programma, met een huifkartocht, een dropping en een soort 'hike'. De laatste dag gaan we naar een subtropisch zwemparadijs. Om de week goed te beginnen, gaan we meteen de eerste avond stappen in een stadje in de buurt. We vertrekken op zaterdagochtend met zijn allen in een busje van de stichting.

Marco roept dat we onze spullen moeten pakken. Dennis komt eraan met de bus, we gaan vertrekken. Esmé en ik willen per se naast elkaar zitten en zeker níet naast Kelvin, die laat altijd scheten. We rennen de trap af. Voor zover dat gaat met een koffer, een tas en een rugzak. Shit, vergeet ik nog mijn eigen kussen! Met mijn rugzak nog op hol ik terug naar mijn kamer. Ik gris het kussen van mijn bed en prop het onder mijn arm. Mijn andere bagage had ik halverwege de trap laten staan, maar als ik weer bij de trap ben ligt de boel beneden. Kelvin staat ernaast, met een gemene grijns. "Oeps, sorry, ik zag het niet," zegt hij. "Ik had mijn nek wel kunnen breken."

"Grrr!" grom ik, terwijl ik de tas opraap en mijn koffer achter me aansleep.

Gelukkig is er behalve Hassan nog niemand bij de bus. En Hassan moet toch voorin in verband met zijn reisziekte. Esmé zit al op de achterste bank, haar koffers heeft ze achterin gegooid. Ik klim naast haar in de bus en kieper mijn koffer en mijn rugzak over de leuning achter me. Mijn kussen leg ik op mijn stoel. Ik ga er bovenop zitten. De tas prop ik op de grond tussen mijn benen. Met een beetje geluk mogen al mijn spullen mee. Eigenlijk mocht iedereen alleen maar een koffer en een handtas meenemen, anders zou het niet passen. Maar ja, je kunt het altijd proberen, hè?! Lachend kijk ik Esmé aan. Eigenlijk heb ik, ondanks de dropping, de hike en de huifkartocht, best zin om weg te gaan!

Dan komt Prisca aanlopen. Ik moet altijd om haar lachen. Heel relaxed komt ze aangesjokt, in haar slobbertrui — zwembadtrui noem ik die altijd, omdat hij zo groot is en zo slobbert dat ze er gerust in kan zwemmen — en halflange slobberbroek met doodshoofden erop. Ze heeft alleen een rugzak op haar rug. In haar oren zitten oordopjes. Hoofd naar beneden, de broek fladdert bij iedere beweging, het zwarte haar gaat bij iedere stap nog wat meer voor haar ogen. Sjok, sjok, daar komt ze. Ze gaat op de bank voor ons zitten. Ik hoor de muziek door haar oordoppen heen dreunen.

Raymond en Johan komen aanlopen en gaan naast Prisca zitten. Shit! Dat betekent dat Kelvin toch bij ons op de bank moet.

"Prisca, kom hier zitten!" gilt Esmé.

Prisca hoort niks, ze zit met haar muziek op haar hoofd. Esmé springt op om haar aan te stoten. Ik hoor een harde dreun.

"Au!"

Esmé grijpt zich vast aan de rugleuning van de bank voor ons. De tranen springen in haar ogen, kennelijk heeft ze haar hoofd keihard gestoten tegen het lampje boven haar. Ze kijkt me aan en schiet in de lach, muts die ze is! Prisca kijkt geïrriteerd om, want ze werd ineens heen en weer geschud. Als ze doorheeft dat wij haar graag naast ons op de bank willen haalt ze haar schouders op. Ze klimt over Johan en Raymond heen en staat weer naast de bus.

"Nou, schuif op!" snauwt ze de jongens toe.

Ze duwt hen opzij, klapt de stoel naar voren en gaat naast mij zitten.

Johan vind ik een beetje weird. Hij draagt altijd zwarte kleren, zegt bijna niks en als hij eenmaal iets zegt, lacht hij erbij alsof hij hinnikt. Hij stelt zichzelf altijd zo voor: "Dag, ik ben Johan G. van Zanten." Waarom hij per se die G erbij moet zeggen snap ik niet, en waar hij voor staat al helemaal niet. Hij wil het ook niet zeggen. Volgens mij staat hij helemaal nergens voor. Of voor Gerardus ofzo. Marco stapt in en gaat voor ons zitten. Als Kelvin ook in de bus zit, zijn we compleet en rijden we weg.

Hoofdstuk 15

Na een saaie rit van tweeënhalfuur zijn we eindelijk op de plaats van bestemming. Het spannendste was nog dat Johans mobiel werd afgepakt. De radio stond aan, en Johan vond het maar niks, die muziek. Hij zette zijn mobiel aan. Hij kon zijn oordopjes niet vinden, dus deed hij het zonder. Omdat de radio aanstond, zette hij zijn muziek steeds harder. Prisca ergerde zich nogal, want zij wil alleen maar van die duistere muziek. Zij had wel oordopjes in, maar kon niets meer horen door de herrie van de radio en Johans telefoon. Ze had hem drie keer gevraagd of dat ding uit mocht. Toen dat niet hielp, probeerde ze hem af te pakken. Er ontstond een soort worsteling. De bus schudde heen en weer en Dennis had moeite het stuur recht te houden. "Kap effe, jongens!" riep hij. "Ik probeer op de weg te letten!" Maar het hielp niet. Johans armen waren drie keer zo lang als die van Prisca, dus ze kon er never nooit niet bij. Om haar te treiteren nam hij zijn mobiel zelfs in zijn linkerhand, en zo zwaaide hij ermee voor haar gezicht. Prisca deed haar uiterste best, maar Johan hoefde maar zijn arm te strekken, of ze kwam niet ver meer. In een laatste poging greep ze zijn arm. Die werd naar links getrokken en sloeg hard tegen Dennis' hoofdsteun. "Foutje, bedankt!" grapte Johan. Maar Dennis vond het allesbehalve grappig. "Hier dat ding," zei Marco, die naast Dennis zat en het allemaal een beetje op zijn beloop had gelaten. Met een zucht gaf Johan zijn mobiel aan Marco. De rest van de weg heeft hij boos voor zich uit zitten staren. Eigenlijk is die Marco best cool. Hij zegt niet veel, beweegt niet veel, maar áls hij iets zegt, is het menens.

Ik spring de bus uit. Precies met mijn hakken in de modder!
De toon is gezet.

"Gadver!" roept Esmé.

Ze is uitgegleden. Met haar nieuwe broek ligt ze languit in een bruine, glibberige drab. Voor we vertrokken heeft ze haar nagels uitgebreid gelakt, en ze wil absoluut niet dat die onder de modder komen te zitten. Maar zonder haar handen op de grond te zetten kan ze niet opstaan. Ze had beter wél gewoon een hand kunnen gebruiken, want nu wordt het alleen maar erger. Ze probeert zich om te draaien om op haar knieën te gaan zitten en zo overeind te komen, maar realiseert zich dat haar broek daar nóg viezer van wordt. Ik probeer mijn lach in te houden, maar uiteindelijk proest ik het uit.

"Whahaha, moet je jezelf zien!" roep ik lachend. "Je lijkt wel zo'n spartelend varkentje in een kinderboerderij!"

Hoe meer Esmé vloekt, hoe harder ik haar uitlach. O nee, 'hoe harder ik om haar lach'. Ik ga haar echt niet helpen, want ik wil mijn kleren schoonhouden. Dan komt Prisca aangesjokt. Met haar kisten stapt ze in de modder, ze pakt Esmé's hand en trekt haar eruit. Ik realiseer me dat ik wel drie paar schoenen bij me heb, maar geen laarzen ofzo. Die zouden wel erg handig zijn geweest. Het lijkt wel of Prisca me het ziet denken. Ze kijkt naar me en haalt nonchalant haar schouders op, terwijl ze naar haar kisten wijst.

"Tja…," zegt ze met een big smile.

Tot overmaat van ramp blijkt ons 'kamp' alleen per boot te bereiken te zijn. De terreineigenaar heeft ons aan horen komen en komt al aanvaren met zijn bootje. Het is een grote, forse man met een dikke trui aan. En geitenwollen sokken en bergschoenen. Zijn haar is halflang en zijn baard grijs. Hij stelt zich voor als Gijs en geeft een stevige hand. Eigenlijk iets té stevig, want tien minuten later doet mijn hand nog pijn.

Gijs pakt de tassen aan en helpt ons het bootje in. We zoeken allemaal een plekje. Het past net. Gijs geeft gas. Pruttelend komt het bootje in beweging. Ik zie alleen water en aan de overkant bomen. Er vliegen wat vogels langs en in het water dobberen eenden. De lucht is bewolkt. Het bootje schommelt. Esmé kijkt angstig. Volgens mij is ze bang dat we om zullen slaan.

Esmé is altijd zo leuk op de kast te jagen. Dat weet Johan ook. Hij gaat staan en springt een beetje op en neer. Het bootje gaat nog meer schommelen. Esmé kijkt nog banger en het is wachten tot ze gaat schreeuwen. Dat duurt niet lang. In eerste instantie lijkt ze het ook wel een beetje grappig te vinden, want ze begint te giechelen.

"Hou op, hou op!" roept ze lachend.

Voor Johan is dit juist een reden om nog even door te gaan. Hij springt nu echt op en neer, en rent van de ene naar de andere kant. Nou ja, rent… Zo groot is het bootje niet. Na anderhalve stap is hij aan de andere kant, maar het effect is des te groter. Er ontstaan golven en we worden heen en weer geschud. Ik vind het nu ook wel eng worden. Johan doet weer twee stappen naar links, tot hij bij het bankje aan de andere kant is. Maar door de vaart verliest hij zijn evenwicht. Hij kan niet stoppen, doet nog een stap, maar kan niet verder doordat hij met zijn knieën tegen het bankje stoot. De rest van zijn lichaam heeft nog vaart en zal straks over het bankje heen vallen. We zien het allemaal aankomen. We gillen het uit. Nog even en het hele bootje kiept om! Gijs grinnikt. Hij lijkt niet onder de indruk.

"Kut!" gilt Johan.

Hij wappert met zijn armen in de hoop zijn evenwicht te bewaren. Ik doe mijn ogen dicht en wacht op de plons. Maar er komt geen plons. Na drie tellen open ik voorzichtig mijn ogen. Daar hangt Johan, over het bankje, half buiten de boot, maar nog net niet in het water. Marco heeft zijn arm kunnen grijpen en trekt hem terug de boot in. Johan slaakt een zucht van verlichting. Hij ziet een beetje bleek. Hij gaat zitten en blijft de rest van de boottocht voor zich uit staren.

"Zo, je mag Marco wel even bedanken!" zegt Esmé.

Johan kijkt haar fel aan.

"Niks te danken jongen," grapt Marco. "Het is maar goed dat je je telefoon niet in je zak had, anders had hij nu zwemles gehad!"

Johan kan er niet om lachen.

Hoofdstuk 16

Op het eiland staat inderdaad een boerderij. Hij ziet er een beetje vervallen uit. Hier en daar mist wat riet op het dak en hij staat een beetje scheef.

"Moeten we dáár in slapen?" vraag ik.

"Nou, het hoeft niet," zegt Marco. "Je mag ook dáár gaan liggen!" Hij wijst naar een schuurtje naast de boerderij. Het is half ingestort. Ernaast staan een paard en twee koeien.

"Wauw, wat een mooie hengst!" hoor ik achter me.

Prisca loopt erheen. Ik heb haar nog nooit zo enthousiast gezien. Met haar tas op haar rug stapt ze op het beest af. "Hé, lief beessie," zegt ze zacht. "Rustig maar, ik doe niks." Ik ben als de dood dat hij haar aan zal vallen, maar hij blijft rustig staan. Prisca laat hem even ruiken aan haar hand — als hij maar niet bijt! — en dan aait ze hem over zijn hoofd. Tot mijn verbazing lijkt het beest het nog leuk te vinden ook! Met zijn hoofd volgt hij Prisca, alsof hij kopjes wil geven. Ik zou dat ook weleens willen proberen, maar de kans is groot dat Kelvin of Hassan me dan uit zal lachen. En daar heb ik geen zin in. Ze krijgen al genoeg kans om me uit te lachen de komende dagen, vrees ik. In mijn fantasie zie ik me rondjes rijden over het eiland. Paard in galop. Ik erop, mijn haren wapperend in de wind. Wauw!

Door een duw in mijn rug word ik bruut uit mijn dagdroom gehaald. "Hé," zegt Hassan, "ga jij dat beest ook eens aaien! Of eh… ben je bang?!"

Wat een klojo is hij toch! Maar dit is dé kans om het tegendeel te bewijzen. Ik stap op het beest af. Prisca praat er nog tegen. Langs de kop durf ik niet, straks bijt hij me nog. Ik loop om. Zijn hoofd houd ik in de gaten en ik ben al aan de zijkant. Daar durf ik hem wel te aaien. Hij voelt best zacht. Er zit een vlieg op zijn rug. Prisca ziet me en glimlacht. "Lief is-ie, hè?!" zegt ze.

Ik glimlach. Best een mooi beest eigenlijk. Ik wil verder lopen, maar dan roept Prisca me terug. "Hé joh, gek! Je mag nooit achter een paard langslopen! Bijten doen ze bijna nooit, maar achteruit trappen wel. En dan ben je echt de pineut!" Snel loop ik terug, ik heb geen zin in een afdruk van een hoef op mijn been.

Als ik ter hoogte van de kop ben, legt Prisca uit hoe ik hem moet aaien. "Gewoon rustig. Af en toe iets zeggen en hem de kans geven aan je te wennen." Wat een prachtig beest, met die lange wimpers en die donkere ogen. We gaan de stal uit. Ik pak mijn spullen en we lopen naar de boerderij. Daar staat Gijs te vertellen over de rest van het terrein. Er wordt van alles verbouwd. Er zijn kippen en morgen krijgen we verse eieren. Als Johan ons aan ziet komen, kan hij het niet laten een domme opmerking te maken.

"Héé, daar hebben we onze paardenfluisteraar!"

Ik kijk hem aan. Ik haal mijn schouders op. Het kan me niks schelen. Ik heb een paard geaaid vandaag!

Meteen de eerste avond, zaterdag, gaan we uit. Dat Esmé en ik nog maar vijftien zijn is niet zo'n probleem. Dennis zegt dat hij ons wel naar binnen zal smokkelen. Van tevoren is besproken 'wat de bedoeling is'. Dennis vertelde dat er in die disco verschillende zalen zijn. Er is jaren tachtig-muziek, iets alternatiefs en een zaal met 'normale' muziek. We kunnen gaan en staan waar we willen, als we ons maar aan bepaalde afspraken houden, zei hij. Zo is de afspraak dat zestienjarigen maximaal twee alcoholische drankjes mogen. Wie jonger is helemaal niet.

"Als we erachter komen dat er toch meer wordt gedronken, gaan we direct met de hele groep naar huis," dreigde hij.

We vertrekken een half uur later dan de bedoeling was. Esmé en ik wilden ons nog even opmaken, en toen ik de boot in wilde stappen, stond ik weer in die stomme modder. Ik ben een kwartier bezig geweest om mijn laarsjes bij te poetsen.

Als iedereen in de bus zit, wil Dennis nog even kijken hoe het met het oliepeil staat. "Moet dat nú?" "Ja," zegt Dennis, "dat moet nu. Bovendien hadden jullie net ook niet zo'n haast toen je je aan het optutten was."

Het oliepeil is in orde. Dennis wil de motorkap dichtklappen, maar er blijft iets hangen. Hij probeert het een paar keer, maar het lukt niet. Johan gaat de bus uit en geeft het ding een harde klap. Er klinkt een raar geluid en de klep blijft halverwege hangen.

"Johan, sukkel, wat doe je nou!" gaat Dennis tekeer. De haak blijkt geforceerd en nu gaat hij helemaal niet meer dicht.

"O, nu zie ik het, je had dat haakje los moeten maken!" zegt Johan alsof hij net helemaal niets heeft gesloopt.

Wat ze ook proberen, de motorkap gaat niet dicht. Prisca oppert dat we gewoon met open klep kunnen rijden.

"Maar dan moet de bijrijder uit het raampje hangen om te kijken of we nergens tegenaan rijden," zegt ze droog. Dennis vindt het geen leuke grap. Hij moppert nog steeds op Johan dat hij eerst moet nadenken en dan pas moet dóen. Marco stapt uit. Het lijkt alsof hij besluit naar het centrum te gaan lópen, maar hij belt de ANWB.

"Anderhalf uur?! Dat gaat toch niet? We zitten hier met zeven jongeren klaar om te gaan stappen. Die gasten gaan stuiteren als we niet snel vertrekken!" horen we hem zeggen. "Oké, da's beter, tot over een half uur dan!" "We gaan echt niet stuiteren nu hoor, dat doen we wel als we terugkomen!" zegt Johan. Hij lacht hard om zijn eigen grap. Een halfuur later is de man van de wegenwacht er al en binnen drie minuten heeft hij de klep gemaakt. Dat wil zeggen, hij kan weer dicht en we kunnen vertrekken. Dennis kan het niet laten nog even tegen Johan te zeggen dat hij de rekening moet betalen als ze na het kamp naar de garage moeten. Johan voelt daar echter niks voor. Híj was niet degene die de klep in eerste instantie niet dicht kreeg!

Twintig minuten later rijden we het centrum van het stadje binnen. Dennis parkeert de bus en het laatste stuk naar de disco lopen we. Een minuut of vijf. Ik heb het koud. Shit, had ik maar een langer rokje aangedaan. Binnen is het gelukkig warmer. Dennis wil dat we bij elkaar blijven om een trefpunt af te spreken. Maar ik heb mijn jas nog niet opgehangen of Johan, Kelvin, Raymond en Hassan zijn al verdwenen. Prisca rent snel de 'alto-disco' in. Ze heeft het daar meteen duidelijk naar haar zin. Ze springt alle kanten op en al gauw zie ik haar met een paar jongens dansen en keihard meezingen met de muziek.

Marco en Dennis overleggen met elkaar. Esmé en ik wachten even. Ze wijzen de deur naar de garderobe aan als meeting point. "Ja, best, hoor!" roept Esmé. Ze trekt me mee de trap op. Boven komen we terecht in de zaal met 'normale' muziek. In een hoekje staan Johan en Raymond aan een tafeltje. Ze gieten een flesje leeg in hun glas. Het ziet er een beetje knullig uit; eerst kijken ze om zich heen of niemand ze ziet — ze hebben niet eens door dat ik ze zie —, en dan kiepen ze ineens de hele inhoud erin. Dan valt Johans blik op mij. Vlug stopt hij het flesje in zijn jaszak. Alsof ik niet doorheb wat ze aan het doen zijn. Ik pak Esmé bij haar arm.

"Kom," zeg ik. We gaan naar ze toe. "Waar is Hassan?" vraag ik.

Johan haalt zijn schouders op. Hij wijst naar een andere zaal. Zodra hij zijn arm optilt, gris ik het flesje uit zijn jaszak.

"Aha! Flügel!" zeg ik triomfantelijk.

Johan trekt het flesje uit mijn hand.

"Nee joh, muts, daar zit rum in," zegt hij. "Dat ruik je niet!" Hij neemt een flinke slok van zijn cola. Rum-cola kan ik beter zeggen.

"Idioot!" snauwt Esmé. "Straks worden we eruit gegooid!" Ze kijkt boos. We kijken elkaar aan. "Mag ik eens proeven?" vraagt ze.

Zonder het antwoord af te wachten trekt ze het glas uit Johans hand. Johan weet dat hij maar beter kan doen wat Esmé vraagt, want ze zou in staat zijn hem te verraden. Zelfs als dat zou betekenen dat we allemaal weer naar de boerderij moeten. In plaats van één slokje te nemen, drinkt ze het halve glas leeg.

"Kappen Esmé," zeg ik. "Marco komt eraan."

Ik trek haar mee in de richting van een andere zaal. "Ach," zegt Esmé, "rum ruik je toch niet." Ze laat een keiharde boer. Een zoete lucht van cola vermengd met rum komt me tegemoet.

"Nee, Esmé," zeg ik, "rum ruik je niet."

Ik sein naar de jongens dat we ervandoor gaan. Voor hen is het te laat. Marco legt zijn hand al op Raymonds schouder.

We gaan naar de damestoiletten. Daar zullen Marco en Dennis in ieder geval niet komen. Ik spreek Esmé aan. Ik heb geen zin om deze tent uitgegooid te worden omdat zij zo nodig moet drinken Ze lijkt het allemaal wel grappig te vinden.

"Maak je niet zo druk meid," zegt ze met een grote grijns op haar gezicht. "Ga eens gewoon lol hebben. Jij bent zo serieus altijd, je lijkt mijn oma wel! Je hebt alleen nog geen kunstgebit."

Ik kan nooit zo lang boos op Esmé blijven. Ik zie haar oma voor me, hier in de disco over de vloer kruipend omdat haar kunstgebit is gevallen. Misschien heeft ze ook wel gelijk. Ik heb al veel te lang voor iedereen lopen zorgen. Het is tijd om lol te hebben.

We werpen een blik in de alto-zaal. Daar is Prisca nog steeds aan het dansen. Hoe dat kan op die muziek weet ik niet. Ik wil ook geen poging wagen eigenlijk, dus gaan we verder naar de volgende zaal. Die met jaren-tachtigmuziek.

"Nee joh, San, kom," zegt Esmé op samenzweerderige toon. "Hier zullen Marco en Dennis zijn!"

Ze loopt al door. Ik volg haar. Eenmaal terug in onze favoriete zaal komen we Raymond en Johan weer tegen. Ze zitten aan de bar, allebei met een ander glas dan daarnet. Het is duidelijk te zien dat het rum-cola is. Ze drinken met een rietje. Zo hopen ze eerder dronken te worden zeker.

"Hee, Sannah," roept Johan. "Grote vriendin! Wil je ook wat?"

Hij slaat een arm om me heen en voor ik het weet heeft hij een rum-cola besteld. De barman zet hem voor mijn neus. Ik neem een slok. De barman blijft staan om af te rekenen. Ik wijs naar Johan, maar die schudt doodleuk zijn hoofd.

"Nee," zegt hij met een stalen gezicht. "Is niet voor mij, is voor haar!"

Ik heb spijt dat ik meteen een slok heb genomen, want nu moet ik wel afrekenen. Johan zit erbij te lachen en ik geef hem een flinke zet. Zijn glas schiet bijna uit zijn hand. Hij kan hem nog net met zijn andere hand tegenhouden, maar de helft vliegt over de bar. Eigen schuld. Als ik nog een slok neem, zegt Esmé dat ze trots op me is. Ik heb nog nooit alcohol gedronken en echt lekker vind ik het niet. Bovendien ben ik als de dood dat we worden betrapt, want ik ben pas vijftien. Aan de andere kant vind ik het wel leuk; gewoon in de middle of nowhere aan een bar hangen met een glas rum-cola.

Ik heb nog een bodempje in mijn glas. Esmé duwt me een pepermuntje in mijn hand. "Hier, stop in je mond!" Ik doe wat ze zegt. Twee tellen later staat Marco voor ons. Hij kijkt ons één voor één aan. "Zo, mensen, hoe is het hier?" vraagt hij.

We blijven alle vier zitten hoe we zitten. "Best, hoor," zeggen we zo cool mogelijk. Maar Marco laat zich niet wegjagen. "Mooi, dan kom ik er gezellig bij zitten."

Hij neemt de barkruk naast Esmé. Ze komt niet meer bij van het lachen. Volgens mij is ze zenuwachtig om betrapt te worden. En begint de rum te werken. Ik houd mijn adem in. Marco schuift een stukje dichter naar Esmé toe, alsof hij aan haar adem wil ruiken wat ze gedronken heeft. Dan schuift hij weer terug. Zo te zien ruikt hij niets. Het pepermuntje heeft zijn werk gedaan. Oef!

Hij pakt het glas dat voor mij staat en ruikt eraan. Shit! Hij zet het terug.

"Wat is dit?" vraagt hij.

Ik weet niet wat ik moet zeggen. Johan grist het glas weg. Hij slaat het achterover.

"Als je ook rum-cola wilt," grapt hij, "moet je zelf bestellen, hoor, en niet die van mij nemen!"

Gelukkig, dat is opgelost. Maar wel zonde van mijn drankje.

Marco kijkt Johan aan.

"Dat is dan wel je laatste," zegt hij. "Veel plezier verder."

Hij staat op en verdwijnt tussen de andere bezoekers.

Zo gaat het de hele avond. Marco en Dennis lopen rond en verschijnen op de meest onmogelijke momenten. Wij, Johan, Raymond, Esmé en ik, bestellen één rum-cola per keer en spreken af dat we, zolang we niet betrapt worden, zeggen dat die voor Raymond is. Hij is namelijk nog niet betrapt en 'mag' er nog twee. Aan het eind van de avond voel ik me helemaal draaierig. Ik lach me rot om de meest suffe dingen en heb nog nooit zo'n lol gehad. Esmé heeft een keer overgegeven op de wc. Ze ziet bleek. Ze vindt er niks meer aan en wil al een hele tijd weg. Maar dat gaat niet, bovendien kan ze moeilijk vertellen waarom ze weg wil. Zij was immers het feestbeest dat riep dat ze als laatste de disco uit wilde.

Om drie uur gaan we naar huis. Johan kan niet meer recht lopen. Om dat te verdoezelen roept hij: "Ik ben zo dronken, ik kan niet meer rechtop lopen. Geintje!"

Marco en Dennis vinden het niet zo grappig, geloof ik. Zodra we in de bus zitten ruik je een enorme alcoholwalm. Van tevoren hebben we afgesproken Raymond de schuld te geven. Hij is de oudste, dus van hem zou het het minst erg zijn als hij te veel had gedronken, dachten we.

Na tien minuten zegt Johan dat hij moet pissen.

"Tjonge, kun je het niet even ophouden? Ik wil naar huis!" moppert Esmé.

Johan roept dat hij het bijna in zijn broek doet en dat we móeten stoppen. Zodra we uit de bebouwde kom zijn en op

een landweggetje rijden, zet Dennis de bus aan de kant.
"Nou, rennen!" roept hij.
Hij gebaart naar Johan. Die klimt, voor zover hij dat nog kan,
over Esmé heen de bus uit.
"Ga daar maar," zegt Dennis.
Hij wijst naar een boom die langs de greppel staat. Johan loopt
er naartoe. Hij lijkt net een eend, zo waggelt hij. Ik kan niet
stoppen met lachen. Als hij bij de boom komt, kijkt hij achterom. Hij ziet ons allemaal uit de bus hangen en wil achter de
boom gaan staan, zodat we hem niet zien. In plaats van dat
hij rechts om die boom heen loopt, gaat hij linksom. Zó de
greppel in! Hij wankelt even, en dan kiept hij om. Ineens is
hij weg. Ik zie alleen zijn benen nog de lucht in vliegen! Ik
kom niet meer bij! "Haha, nu weet ik waar die G in je naam
voor staat!" roep ik. "Je heet Johan Greppel van Zanten!" Ik
gier het uit van het lachen.
 Als Johan is opgestaan, lach ik niet meer. Zijn gezicht zit onder het bloed. Hij valt op straat, vlak voor de bus.
"Shit," zegt Marco.
Marco springt de bus uit. Johan zit inmiddels weer. Hij voelt
aan zijn hoofd en kijkt vervolgens verbaasd naar zijn hand.
Dan voelt hij weer aan zijn hoofd.
"Volgens mij plakt er iets," mompelt hij.
Marco pakt de EHBO-koffer en een fles water. Hij probeert
het bloeden te stoppen door een doek op de wond te drukken.
Ik durf niet te kijken. Ik houd niet zo van bloed. Esmé begint
te huilen.
"Kutdag, zeg!" moppert ze. Normaal gesproken zou ik daar
hard om lachen, maar nu vind ik het niet zo leuk.
"Stoer hè, stiekem drinken," zegt Dennis sarcastisch.
Niemand reageert.

"We moeten langs een huisarts," zegt Marco. "Dit moet gehecht worden."

Esmé smeekt of ze niet vast terug mag naar de boerderij, maar dat mag niet.

"Na vanavond ga ik jullie echt niet alleen laten daar, hoor! Geen minuut!" zegt Marco.

Je kunt horen dat hij boos is. Dat is hij niet snel, dus Esmé houdt wijselijk haar mond.

De hele tocht naar de huisartsenpost zegt niemand een woord. Als we er zijn moeten we allemaal de bus uit, de wachtkamer in. Raymond loopt tegen de glazen pui. Esmé grinnikt, maar na een boze blik van Marco is dat over.

Zo wachten we tot Johan naar binnen wordt geroepen. Het lijkt uren te duren. Ik kan niet tegen stiltes. En Esmé al helemaal niet. Dat weet ik, maar ik durf haar niet aan te kijken. Vanuit mijn ooghoeken zie ik Johan staan. De doek tegen zijn hoofd is nog roder geworden en zelf is hij lijkbleek.

Dan is hij aan de beurt. Na ruim een kwartier komt hij weer naar buiten, met vier hechtingen en een grote pleister op zijn voorhoofd. Hij waggelt nog steeds. Volgens de dokter is het geen hersenschudding maar een 'typisch geval van meer dan twee drankjes gedronken hebben'.

De rest van de week is best gezellig, maar niet zo spannend als we van tevoren hoopten. Dennis en Marco balen behoorlijk en ze hebben ons flink duidelijk gemaakt dat we te ver zijn gegaan. Het programma hebben ze aangepast. We zouden een middag gaan shoppen, dus Esmé en ik hadden al helemaal bedacht wat we zouden gaan kopen. Met *Google Earth* hadden we zelfs een route uitgestippeld om in zo kort mogelijke tijd naar zoveel mogelijk winkels te kunnen. We zijn wel gaan shoppen, maar dan in twee groepen, de ene met Marco, de andere met Dennis erbij. Ook de dropping is op die manier aangepast. Oorspronkelijk waren we in twee groepen ingedeeld. De ene zou een half uur na de andere vertrekken. Marco zou ons droppen en tussendoor rondrijden, terwijl Dennis op het eiland zou blijven. Dat plan is veranderd. We zijn met zijn allen vertrokken. De eerste groep werd gedropt, samen met Dennis. Ze kregen een kaart mee met daarop de coördinaten van de plek waar de bus zou komen te staan. De tweede groep, waar ik in zat, reed een stuk verder. Daar liet Marco de bus staan. Hij had een kaart met de coördinaten van de plek waar we heen moesten. Het was dus eigenlijk een soort speurtocht, maar dan zonder opdrachten. Oersaai dus. Helaas viel er niet over te praten. We hadden het zelf verpest, vonden Marco en Dennis. Hoe we er ook tegenin gingen en zeiden dat wíj niet degenen waren die te veel hadden gedronken, we waren net zo verantwoordelijk en hadden net zo goed meegedaan aan dat kat-en-muisspelletje als Johan, vonden ze. Op zich hadden ze wel gelijk, vond ik. Maar dat kon ik natuurlijk niet zeggen.

Hoofdstuk 17

Inmiddels is het twee weken geleden dat we op kamp waren. Mijn school is weer begonnen. Eerlijk gezegd ben ik niet vaak geweest. Het interesseert me niet zo veel meer. Ik kan er wel braaf naartoe gaan, maar wat heb ik eraan? Mijn moeder wordt er niet beter van. En mijn broertje krijg ik er ook niet mee terug. Tegenwoordig heb ik goede gesprekken met Esmé. Over wat zij allemaal heeft meegemaakt, over wat ik heb meegemaakt. Over het leven en wat het voor zin heeft. De conclusie is dat het allemaal niet zo veel uitmaakt wat je doet, als je maar lol hebt. En dat hebben we! En sinds het kamp trekken we veel op met Johan en Raymond.

Net als bij de crisisopvang hebben we hier op de Globetrotter van maandag tot en met donderdag 's avonds een 'uurtje-voor-jezelf'. Volgens het team is dat nodig om een beetje 'rust in de tent' te krijgen, want de hele dag door loopt iedereen in en uit en er komt altijd wel ergens muziek vandaan. Zo komen we nooit aan ons huiswerk toe, vinden ze. Bovendien gebruiken ze die uurtjes voor mentorgesprekken. Wij gebruiken die uurtjes voor heel andere dingen. We gaan dan lekker kletsen bij elkaar op de kamers. Veel leuker dan suf op je eigen kamer zitten natuurlijk.

Nu Elske terug is van zwangerschapsverlof, is zij mijn mentor. Ze is best relaxed. Ze is een jaar of 36 en een beetje een softie. En inderdaad goed in de maling te nemen. Hoeveel ik mis van school heeft ze helemaal niet door. Ze zag op de site dat ik een uur of zestien afwezig was geweest. Ik vertelde dat dat meestal de eerste twee uren zijn. Dan hebben we bijvoorbeeld twee uur achter elkaar Mens en Maatschappij. Soms ben ik net te laat op school doordat de bus vertraging heeft. Als die vrouw dan de absentielijsten al heeft ingevuld, lijkt het dus meteen alsof ik twee uur heb gemist, verzon ik. En ze geloofde me nog ook. Ik kreeg zelfs complimenten voor mijn cijferlijst, want die kan ze ook volgen.

Het is dinsdag vandaag, en zoals bijna iedere dinsdag heeft Ineke dienst. Ze werkt niet zo veel en heeft ook geen vast mentorkind. In het 'uurtje-voor-jezelf' zit ze meestal op kantoor. Of ze dan aan het rapporteren is of aan het bellen met haar man, dat weet ik niet. In ieder geval komt ze nooit controleren of we wel op onze kamers zijn. Op dinsdag zitten we dus sowieso bij Raymond. Op andere dagen is dat lastiger, dan kan het alleen als er een mentorgesprek in het kantoor is.

Raymond slaapt op de begane grond, in een van de kamers van fase twee en drie. Niet dat hij echt toe was aan fase twee, denk ik, maar hij is al zeventien, dus binnenkort zal hij toch op zichzelf moeten. Om bij zijn kamer te komen moeten we twee trappen af, maar dat is niet zo'n probleem. Zolang we de tweede en de op één na laatste tree van de bovenste trap overslaan, die kraken namelijk, heeft Ineke niets in de gaten.

Vandaag is Esmé er eerder dan ik. Vlak na mij komt Johan binnen, met een grote grijns op zijn gezicht. Achter zijn rug heeft hij een plastic tas van de supermarkt. Hij doet de deur zo snel achter zich dicht, dat de tas ertegenaan slaat. Dat geeft een harde klap. Ik schrik me rot.

"Idioot!" snauwt Raymond hem fluisterend toe. "Doe zachtjes!"

Johan gaat zitten en haalt twee flessen tevoorschijn. Het zijn van die metalen dingen, met een platte bovenkant en een rode dop.

"Limonade?" vraagt Esmé. "Wat moeten we daar nou mee?"

Ze grist er één uit Johans hand, draait de dop eraf en keert hem om boven de wasbak. "Stomme doos!" roept Johan. "Dat is rum! Gekregen van Joey!" Hij graait naar de fles, maar kan er niet bij. Een flinke scheut verdwijnt in het putje. "Rum, o shit!" roept Esmé. Ze draait de fles snel weer om. Johan doet een stap naar voren, maar zijn voet blijft haken achter de rugzak van Raymond. Hij klapt voorover tegen Esmé, die tegen de muur valt. De fles komt op de grond terecht. Raymond duikt er bovenop, zodat er niet nog meer drank wegloopt. Johan en Esmé staan op. Esmé trekt haar truitje recht. Ik vraag me af wie die Joey is.

Dan kijken we elkaar verschrikt aan. De trap! We horen de trap kraken. Ineke! Een seconde lang gebeurt er niks en staren we elkaar aan. "Wegwezen!" De kamer uit lukt natuurlijk niet meer! Esmé en ik kijken elkaar aan. "Onder het bed!" Maar dat past voor geen meter natuurlijk. In mijn kamer zou dat nog wel lukken, maar hier niet. Raymonds kamer líjkt niet echt een puinhoop, maar je wilt niet weten wat er allemaal onder zijn bed ligt. Het is altijd keurig netjes opgemaakt. Er ligt zelfs een sprei over. Maar dat is een dekmantel. De sprei komt tot op de vloer. Zo zien ze tijdens kamercontrole niet wat er onder zijn bed ligt; ranzige zooi. Van beschimmelde boterhammen tot vuil ondergoed. En van pannen die volgens mij nog nooit zijn afgewassen tot lege bierflesjes. Zodra Esmé en ik de sprei opzij getrokken hebben, komt er een gráflucht tevoorschijn! "Ga jij maar!" zeg ik tegen Esmé, die al bezig is onder het bed te kruipen. Ik geef haar nog een duwtje en zoek ondertussen naar een andere plek voor mezelf. Te laat! De deur gaat open.

Ineke trekt een gezicht dat ik niet vaak bij haar heb gezien. Raymond en ik kijken van Ineke naar elkaar en weer naar haar. Ze kijkt naar beneden, richting het bed. Wij ook. Daar zien we de benen van Esmé. Ze heeft niet door dat Ineke er al staat en probeert zich uit alle macht onder het bed te proppen.

"Kijk nou eens wat ik onder mijn bed heb liggen!" roept Raymond. "Esmé, wat doe jij hier?!"

"Ssst, straks komt ze!" sist Esmé, spartelend met haar benen.

"Kom maar tevoorschijn Esmé." Ineke is duidelijk geïrriteerd. De benen stoppen met bewegen.

"Zie je wel," zegt Esmé. "Ik zei het toch, jíj had mijn... beschimmelde pan!" Met een steelpannetje in haar hand kruipt ze onder het bed vandaan. Haar haar lijkt wel ontploft. Er hangen stofplukken in en haar witte truitje is nu grijs.

Ineke kijkt Raymond aan. "Jij hoort nog van me," zegt ze. Ze kijkt naar Esmé en mij. Demonstratief houdt ze de deur open. Esmé staat op. Ik probeer mijn lach in te houden.

"Je lijkt wel een veger en blik, met dat haar zo!" fluister ik lachend terwijl we de kamer uitlopen. Vanuit mijn ooghoeken zie ik Johan met ingehouden adem achter de deur staan.

Hoofdstuk 18

Er wordt geklopt, heel ver weg. Ik draai me om. Weer wordt er geklopt, nu harder. Het is bij mij. Voorzichtig open ik mijn ogen. Het is al licht. Mijn hoofd bonkt.

"Sannah!" roept iemand.

"Ja," zeg ik. Er komt nauwelijks geluid uit mijn mond. Ik schraap mijn keel. "Ja!"

De deur gaat open en daar staat Elske. Haar gezicht staat op onweer.

"Ik verwacht je over tien minuten beneden," zegt ze. "Om half elf en geen minuut later!"

Hoewel het niet de eerste keer is dat ze 's ochtends aan mijn deur staan, besef ik dat het dit keer menens is. Meestal roepen ze me met de vraag of ik niet naar school hoef. Tot nu toe heb ik me er steeds onderuit gepraat door te zeggen dat ik was vergeten door te geven dat het eerste uur uitviel. Of dat we toetsweek hebben. Of dat een aantal lessen uitvalt omdat ze op kamp zijn met de eersteklassers. Of weet ik wat ik er allemaal uitgooi.

Alleen als Marco in dienst is roep ik: "Shit, verslapen!" Hij belt namelijk naar school om te controleren of het klopt wat je zegt. En dat moet ik niet hebben. Dus dan spring ik uit bed, neem ik een douche en zorg ik dat ik binnen een half uur vertrokken ben. Dat ik dan alsnog niet naar school ga, maar meestal wat in de stad rondhang, met of zonder Esmé, dat doet er niet toe.

Maar nu is het anders, dat hoor ik aan Elskes stem.

"Oké," mompel ik. Ik til mijn hoofd op, maar laat het voorzichtig weer zakken. Auw! Ik voel me behoorlijk wazig, alsof ik een baksteen tegen mijn kop heb gehad. Heel langzaam probeer ik het nog eens. Het gaat iets beter, maar de hele kamer draait. Ik kom overeind, ga rustig op de rand van mijn bed zitten en sta op. Via een stoel schuifel ik naar de wasbak. Ik schrik van mijn spiegelbeeld. Mijn haar staat alle kanten op. De mascara is uitgelopen, er loopt een zwarte streep over mijn wang. Op mijn andere wang zit een pluk haar vastgeplakt. Voorzichtig trek ik hem los. De mascara pulk ik van mijn gezicht. Voor zover dat gaat, want mijn handen trillen en ik voel me dizzy. Dan voel ik een golf vanuit mijn maag omhoog komen. Ik buig voorover. Mijn slokdarm brandt. De inhoud van mijn maag komt met een boog in de wasbak terecht. De lucht is niet te harden en mijn hoofdpijn wordt alleen maar erger. Ik denk aan gisteravond. Ik weet niet of ik moet lachen of huilen.

Omdat we door Ineke waren betrapt, hebben we ons een paar dagen rustig gehouden. We wisten dat ze ons wat vaker zouden controleren. Bijna een week later durfden we het weer aan. Tijdens het 'uurtje-voor-onszelf' gisteren gingen Esmé en ik weer naar de kamer van Raymond. Johan niet, hij had een mentorgesprek met Dennis. Esmé en ik hadden andere kleren meegenomen en in zijn kamer verstopt. Voor 's nachts, dan zouden we er namelijk met zijn vieren vandoor gaan.

Eenmaal op Raymonds kamer laat ik me op zijn bed vallen. Met mijn hoofd plof ik op het kussen. Esmé neemt een sprong en komt naast me liggen. Voor een ogenblik dan. Het bed kraakt, en het kraakt harder. We kijken elkaar aan. Het is stil. Dan barst Esmé in lachen uit. Ze probeert rechtop te gaan zitten.

"Help, het bed stort in!" roept ze. Ze schiet overeind.

"Hé joh, muts, zit stil, anders stort het echt in!" waarschuwt Raymond.

Maar het is te laat. Er klinkt nog meer gekraak, en voor Esmé er vanaf kan komen zakt het bed in. Doeff! De kant waar mijn benen liggen zit nog vast, het hoofdeind is ingestort. Ik lig half ondersteboven tussen het matras en de vloer. Door de klap zakt Esmé door haar elleboog en ze valt boven op me. Ik snak naar lucht. Mijn gezicht wordt geplet tussen het kussen en haar. Ze giert het uit van het lachen.

"Help, haha, whoehaha, help, ik pies bijna in mijn broek!" Raymond klaagt alleen. "Godsamme, heb ik weer. Jullie mogen het zelf betalen, hoor, ik heb geen zin in geouwehoer. Ik heb al een schuld van 54-zoveel voor een Senseo-apparaat dat ik eens heb gemold."

Gadver, Esmé heeft echt in haar broek gepiest.

"Whaha, so haha so, hahaaaaa, sorry-hie-hie!" gilt ze. In plaats van naar de wc te rennen, blijft ze op me liggen. Ik probeer haar van me af te duwen, maar mijn gezicht wordt nog steeds in het kussen gedrukt. Ik kan nauwelijks adem- halen. Laat staan kracht zetten om haar van me af te duwen. Haar kont is ter hoogte van mijn bovenbeen. Mijn been wordt warm en ik voel een steeds grotere natte plek ontstaan. Gadverdamme! Ik trek mijn been weg. Esmé ploft met haar kont op het bed. Haar handen houdt ze bij haar kruis. Alsof dat helpt. Nu ze een stukje is opgeschoven, kan ik me een beetje loswurmen en mijn hoofd draaien. Ik hap naar adem, zet flink kracht en wring me onder haar vandaan.

Het is een ravage. Het matras ligt aan de ene kant op de grond, aan de andere kant steekt het de lucht in. Onder het bed liggen tussen de puinhoop twee gebroken planken. Esmé is gaan zitten, half dubbel van het lachen nog. Ik vind het smerig. Gelukkig had ik andere kleren bij me. Achter de deur van de kledingkast van Raymond kleed ik me om. De vieze broek prop ik in de tas. Esmé is inmiddels naar de wc gerend. Dat heeft lekker veel zin, maar niet heus. Als ze terugkomt, trekt ook zij haar andere kleren aan. Het is een superkort rokje. Als ze zich even bukt om haar laarsjes aan te trekken zie je haar string zitten.

"Zo, als je er hier uitgetrapt zou worden, kun je altijd nog op de wallen terecht!" zegt Raymond droog. Esmé kijkt hem met een felle blik aan. Met een rood hoofd trekt ze haar rokje een beetje omlaag.

Mijn telefoon trilt. Een berichtje, van Johan. 'L.a.' staat er. Shit, 'Leiding Alarm'! Waarschijnlijk is zijn gesprek afgelopen en maakt Dennis nu een rondje langs alle kamers. Hopen dat hij niet eerst naar de bovenverdieping gaat! Ik hoor voetstappen. De trap kraakt. Shit, hij gaat eerst naar onze kamers. Als hij ziet dat we daar niet zijn, hebben we een serieus probleem. Het lijkt of mijn hart even stilstaat. Dan gaat de telefoon. Zo te horen loopt Dennis terug naar het kantoortje. Oef! *Saved by the bell!* Terwijl hij aan de telefoon is, sluipen Esmé en ik terug naar onze eigen kamers.

Voor de zekerheid trekken we minder opvallende kleren aan. Na het 'uurtje-voor-jezelf' gaan we beneden voor de tv hangen. Er is weinig leuks. Om negen uur ga ik naar boven. Een kwartier later hoor ik Esmé ook naar haar kamer gaan. Slim van haar om niet meteen achter mij aan te komen.

Vanaf half elf moet iedereen op zijn eigen kamer zijn. Vlak daarvoor is het altijd een hoop herrie. De één moet naar de wc, de ander gooit nog snel een was in de machine. De derde krijgt in het kantoortje alvast geld om de volgende ochtend een nieuw treinabonnement te kopen. Dat is het moment waarop we naar Raymonds kamer zullen sluipen, hebben we afgesproken.

Op mijn kamer begin ik me op te maken. Voor de spiegel doe ik de mascara en het oogpotlood op. Mijn ogen zien er de laatste tijd een beetje suf uit. Ik lijk wel een oud wijf! Dat we 's nachts stiekem bij elkaar op de kamer zitten, maakt mijn ogen er natuurlijk niet helderder op. Maar leuk is het wel. En zoals ik al zei, het is tijd voor lol in mijn leven! Mijn ene oog is wat donkerder dan mijn andere. Er zit een klont mascara op mijn wimpers. Die veeg ik weg. Als ik nog wat mascara op mijn andere oog heb gedaan, kijk ik tevreden in de spiegel. Nu mijn haar nog. Ik bekijk mezelf eens goed. Het wordt lang. En piekerig. Eigenlijk zou ik naar de kapper moeten. Er zitten ook dode punten in, zie ik. Maar een kapper, daar heb ik helemaal geen zin in. Zonde van mijn geld. Sinds ik hier woon, krijg ik iedere maand kleed- en verzorgingsgeld. Van het kleedgeld moeten we natuurlijk kleding kopen. Verzorgingsgeld is voor tandpasta, tandenborstels, make-up, doucheschuim en de kapper enzo.

Esmé en ik hebben zitten bedenken hoe we het best kunnen uitkomen met ons geld. Bij de tandarts staat een bak met mini-tubes tandpasta. Eens in de zoveel tijd gaan we daarheen. Dan gaan we in de wachtkamer zitten. Meestal ligt die tandarts goed op schema, en zit er hooguit één persoon te wachten. Zodra die de behandelkamer in is gegaan, doen we een graai in die bak. Het begon netjes met één tube, maar toen zaten we er een week later weer. Tegenwoordig nemen we er een stuk of tien. Ik schat dat er meer dan honderd tubes in die bak zitten, dus die paar missen ze heus niet. Bovendien, die bak staat er voor de patiënten. Ik ben wel drie jaar niet naar de tandarts geweest, maar ik ben toch patiënt bij die praktijk.

Maar goed, mijn haar dus. Wel aan een knipbeurt toe. Ik klop op de muur, drie keer snel achter elkaar, drie keer met tussenpozen. Esmé klopt terug, twee keer snel, pauze, weer twee keer snel. 'Ik kom eraan', betekent dat. Even later komt ze mijn kamer in. Ze heeft haar korte rokje weer aan, laat ze zien. Nu met een zwarte legging eronder. Lijkt me verstandig, volgens mij vriest het buiten. Eroverheen heeft ze haar pyjama. Het ziet er niet uit.

"Wat heb jij nou aan, ga je zó naar buiten?" grap ik.

"Nee joh, gek. Ik was vergeten dat mijn treinabonnement morgen verloopt, dus ik moest beneden geld halen voor een nieuwe."

"Ga je morgen naar school dan, je hebt toch maar twee uur les?" "Nee, trutje, natuurlijk niet. Maar ik kan toch moeilijk tegen de leiding zeggen dat ik geen nieuw treinabo hoef, omdat ik ga spijbelen?!"

O ja, foutje. Esmé trekt haar pyjamajasje uit. Daaronder heeft ze een strak truitje, met glittersteentjes in de vorm van een hart. "Jezus, wat ziet je haar er uit," zegt ze. "Je moet naar de kapper!" "Ja," zeg ik, "dat weet ik ook wel. Maar is er nu ergens een kapper open in de buurt?"

"Jawel, kapper Esmé! Dag en nacht tot uw dienst!" Ze heeft al een schaar gepakt.

"Nee, joh, gek, jij gaat echt mijn haar niet knippen! Ik wil later kapster worden, jij niet!"

Maar ze heeft al een pluk te pakken. Er is al een stuk vanaf. "Jezus!" zeg ik. "Dat was niet de bedoeling! Ik hoopte gewoon dat je een tip had om het op te steken, ofzo. Alhoewel, kun je een beetje recht knippen?"

Esmé haalt haar schouders op. "Nooit geprobeerd eigenlijk."

Nu haal ook ik mijn schouders op. Waarom ook niet? Nu ziet

het er sowieso niet uit. En als het mislukt kan ik het altijd zelf nog een beetje bijknippen

Esmé kamt mijn haar. Regelmatig blijft ze hangen in een klit. Dan springen de tranen in mijn ogen. "O, wacht, ik heb wel wat," zegt ze. Ze rent de kamer uit. Nog geen twee tellen later is ze terug. "Tadaa!" Ze heeft één of andere fles in haar hand en neemt een pose aan alsof ze op een reclamebord staat. Ze spuit hem bijna helemaal leeg op mijn hoofd. Ik stik zowat en spring opzij om aan die walm te ontkomen. O, kut, het rookalarm! Dat gaat al af als je een scheet laat. En dan moeten we allemaal naar buiten, ontruiming. Dat is wel het laatste waar ik nu zin in heb. Ze zien ons aankomen! Terwijl de rest in pyjama staat, loopt Esmé in haar korte rokje, met haar bruine haar opgestoken en haar lippen knalrood geverfd. En ik met mijn ontplofte haar, *smokey eyes*, grote ronde oorbellen en *skinny jeans* en knielaarzen.

Ik zet het raampje open. Ik schuif mijn bureaustoel onder de brandmelder en vis een boterhamzakje uit mijn schooltas. Er zit nog een boterham in, die moet eruit. Gadver, hij is niet van afgelopen week. Hij is helemaal groen geworden. En een lucht die eruit komt! Ik gooi het hele geval weg. Maar wat nu? Op mijn bureau ligt een zakje van het Kruidvat. Daar zitten haarelastiekjes in. Ik gooi ze eruit.

De walm hangt nog steeds in mijn kamer, het zal niet lang duren of het alarm gaat af. Ik klim op de stoel. Dat valt niet mee met zo'n strakke broek. Hij kraakt ervan. Nog even en ik scheur eruit. Maar eerst dat alarm. Ik doe het zakje over het ding. Nu nog vastmaken. Ik kijk rond. O ja, die elastiekjes!

"Geef die dingen eens effe," zeg ik tegen Esmé. Ik wijs naar die elastiekjes. "Dingen, welke dingen?" vraagt ze.

Ze graait tussen de spullen op mijn bureau. De hele stapel boeken valt om en belandt in de prullenbak. Maar ja, geen tijd voor nu, dat alarm moet geregeld worden. "Sorry... Wat bedoel je dan? O, díe dingen!" Ze pakt de elastiekjes en trekt er eentje van het kartonnetje. "Schiet nou op, ik donder bijna van die stoel!" Ik trek het elastiekje uit haar hand, pruts het over het zakje om het alarm en stap van de stoel. Van een afstandje bekijk ik het resultaat. "Zo, slim bedacht!" prijst Esmé. "Ja, hè, geleerd op de crisisopvang," zeg ik trots. "Kom," zegt ze, "ga zitten!" ze duwt me op de stoel en gaat verder met knippen.

De eerste vijf minuten durf ik nauwelijks te bewegen. Ik ben veel te bang dat ze scheef knipt. Na nog geen tien minuten is ze klaar. "Zo, dat is dan 19,95!" zegt ze triomfantelijk.

Ik sta op en loop naar de spiegel. Esmé plukt nog een beetje aan mijn haar.

"Jezus, het is wel érg kort, hoor, Es."

Ik schrik ervan. Esmé is even stil, ze kijkt een beetje serieus.

"Tja, maar je bent wél van de dooie plukkies af."

Ik woel wat door mijn haar en kijk nog eens goed. Ik kan niet helemaal zien of het overal even recht is. Ook wel een goed teken eigenlijk, want dat betekent dat het niet heel erg scheef is. Ik kijk nog eens. Mijn haar was altijd tot ruim over mijn schouders, nu komt het net óp mijn schouders. Aan de rechterkant springen er wat plukken op. Ik doe wat water op mijn hand om ze in model te krijgen. "Kom," zegt Esmé, "doe er wat haarlak in."

Ze heeft de bus al te pakken en spuit erop los. Ik houd mijn adem in en duik weg.

"Laat mij dat maar doen!" zeg ik. Ik trek de fles uit haar hand, spuit hier en daar, toupeer de voorkant een beetje, schud met mijn hoofd en bekijk het resultaat. Aan de andere kant springen nu ook wat plukken op. Het is net alsof het zo hoort. Valt niet tegen, eigenlijk!

"Wauw," zegt Esmé. "Ik ga volgend jaar met je mee naar de kappersschool, denk ik. Kan ik ze wat bijles geven, daar!" Ik kijk ondertussen met een spiegeltje of ik de achterkant van mijn hoofd kan zien. Het lijkt of er daar een hele pluk mist. Ik kijk Esmé vragend aan. "Tja, toen had je nét bewogen," verontschuldigt ze zich. Ik baal een beetje, maar als ik nog wat met mijn hoofd beweeg valt er wat haar over die korte pluk. Je ziet er niets meer van. Volgende week ga ik Esmé's haar knippen, neem ik mezelf voor.

Dan horen we Prisca de trap op stampen. Ze heeft altijd die kisten aan, dus je hoort haar op een kilometer afstand al aankomen. We kijken elkaar aan. Esmé knikt met haar hoofd. Even voor half elf, waarschijnlijk. Tijd om te gaan.

"Dus je gaat echt zo?" grap ik. Ik wijs naar haar pyjamajas.

"O, shit!" zegt ze. Ze trekt hem uit en gooit hem op mijn bed. Als we horen dat Prisca naar de wc gaat, sluipen we op onze sokken de trap af, onze laarzen houden we in onze handen.

Johan is al op Raymonds kamer. We zijn er allemaal klaar voor, maar ik vraag me af hoe we buiten komen. Daar had ik nog niet over nagedacht. Het raam is hier dan wel beneden aan de straatkant, maar het kan maar tien centimeter open. Het is zo'n ouderwets raam dat je omhoog moet schuiven. Normaal gesproken zou je er zo uit kunnen klimmen, maar de leiding heeft aan de bovenkant een blokje hout geschroefd. Tegen inbrekers, zeiden ze, maar het is vast ook bedoeld om te voorkomen dat er 's nachts wordt uitgebroken. Johan ziet me kijken. Hij grijnst. "Let op!" Hij gaat op een stoel staan en trekt het blokje eraf. Trots staat hij ermee in zijn hand.

Ik kijk eens goed. Ik verwacht dat er schroeven uitsteken, maar die zitten er niet. "Hebben we er maanden geleden al uit geschroefd!" zegt Raymond triomfantelijk.

"Hebben ze dat nooit door gehad dan?" vraag ik me hardop af. "Nee joh, ik heb ze eruit gedraaid en zet dat blokje iedere keer weer netjes terug. Wie klimt er nu op een stoel om te kijken of een plankje nog wel twee schroefjes heeft?"

"Ssst!" sist Esmé ineens.

De trap kraakt. We houden onze adem in.

"Dennis," fluistert Johan nogal overbodig.

Even later horen we Dennis inderdaad over de gang lopen. Hij draait de achterdeur op slot. Dan gaat hij naar de voordeur. De drie korte piepjes die we horen zijn van het alarm dat hij inschakelt. De voordeur mag nooit op slot, omdat het een nooduitgang is. Daar moet je dag en nacht doorheen kunnen. Maar met alarm erop kan dat natuurlijk niet zonder dat je betrapt wordt.

Als we Dennis naar boven horen gaan, schuift Raymond het raam open. Hij klimt er als eerste uit. Dan Johan en ik. Esmé komt als laatste. Wonder boven wonder gaat het dit keer zonder gegiechel of gestuntel, en onopgemerkt bereiken we de straat. Het is ijskoud. Ik ril. Niet alleen van de kou, ook van de zenuwen. We hadden ook echt niet betrapt moeten worden net.

Hoofdstuk 19

Met zijn vieren lopen we de straat uit. Om de hoek gieren we het uit van het lachen.

"Zo, nu eerst een Bavaria," zegt Johan.

Nu pas zie ik dat hij een rugzak bij zich heeft. Hij haalt er een fles uit. Het is geen Bavaria, maar weer dat limonadeblik.

"Wie is die Joey nou precies?" vraag ik.

"Joey?" vraagt Johan. "Ja, Joey is... bijzonder, zeg maar." Hij kijkt er geheimzinnig bij.

Esmé lacht. "En zijn ouders zijn rijk!" voegt ze eraan toe. "Hij woont aan de Bosweg, je weet wel, bij die huizen met die zwembaden. Of hun huis een zwembad heeft weet ik eigenlijk niet, maar zijn ouders zijn zo rijk, dat híj niet eens hoeft te werken. Daarom kan hij lekker chillen bij zijn auto. Hij staat vaak op de parkeerplaats bij het winkelcentrum, je hebt hem vast weleens gezien daar," ratelt ze door. "Laat mij eens proeven!" roept ze tegen Johan. Ze rukt het blik uit zijn hand. Ze draait de dop eraf en neemt een flinke slok. Ik zie dat haar kaken zich samentrekken, alsof ze in een citroen heeft gebeten.

"Hé, lekker," piept ze. Ze loopt een beetje rood aan. "Jullie ook?"

Er komt nauwelijks geluid uit haar keel, maar ze staat erbij alsof het de normaalste zaak van de wereld is om zo te kijken. Johan pakt de fles aan. Hij zet hem aan zijn lippen. Drie, vier slokken neemt hij.

"Eééééh, dat doet een mens goed. Brrrr!" Hij schudt zijn hoofd heen en weer, als een hond die op een hete zomerdag een duik in zee heeft genomen.

Dan is het mijn beurt. Ik betwijfel of ik het wel echt wil, maar heb ook geen zin om voor mietje uitgemaakt te worden. Bovendien heb ik het inmiddels behoorlijk koud gekregen. Een slokje rum gaat er wel in, denk ik. Ik neem het blik aan en ruik eraan. Ik ril. Een klein slokje, dat moet wel kunnen, lijkt me. Ik zet het blik aan mijn mond. Aan de rand zit nog wat drank en dat raakt mijn lip. Ik weet niet wat het is, maar rum is het niet. Sterk is het wel, zo te voelen. Het brandt. Ik pers mijn lippen op elkaar en doe alsof ik een flinke teug neem. Ik krijg maar een paar druppels binnen.

Gadver, wat is dat voor spul? Het lijkt wel benzine! Ik slik het snel door, dan is het tenminste uit mijn mond. Gadverdamme wat is dat smerig! Het brandt in mijn keel. Het loopt zo mijn slokdarm in. Het voelt alsof ik een gloeiend hete steen heb ingeslikt. Dan verdwijnt het gevoel. Dat hebben we ook weer gehad. Ik stoot Raymond aan. Hij kijkt me aan. Ik knik en reik hem de fles aan. Op het moment dat hij hem wil aannemen, hoor ik een onbekende stem achter me.

"Wat is dat, kleintje, durf je niet?"

Ik draai me om en kijk in het gezicht van een gozer die ik weleens heb zien rondrijden. Hij ziet er een beetje viezig uit. Zijn haar mag weleens gewassen worden en zijn tanden kunnen ook wel een poetsbeurt gebruiken. Zijn ogen staan wazig. Die is niet helemaal nuchter, dat is duidelijk. "Hoezo?" vraag ik. Heel geloofwaardig komt het er niet uit. "Je weet wel wat ik bedoel," zegt hij lachend. "Jij bent Sannah, toch? Ik ben Joey." Hij steekt zijn hand naar me uit. Ik geef hem een hand. Hij houdt hem net iets te lang vast. Ik trek hem terug.

"O, dát! Nou, eeeh… Ik wil die fles wel leegdrinken, maar dan heeft de rest niet meer," zeg ik om me eruit te redden. Maar het klinkt een beetje aarzelend, vrees ik.

Tot overmaat van ramp haalt hij nog een fles tevoorschijn. Ik vraag me af wat dáár in zit, maar waarschijnlijk wil ik het niet eens weten.

"Hé, je hebt nog meer gemaakt!" roept Johan.

"Dus je vindt het wel lekker!" zegt Joey. Hij kijkt weer naar mij.

"Ja, tuurlijk!" antwoord ik zo overtuigend mogelijk.

"Nou, da's mooi. Ik heb nog meer." Hij knikt in de richting van zijn auto, die een eindje verderop staat. Kennelijk heeft hij ons al die tijd in de gaten gehouden. Terwijl hij op de motorkap hing, denk ik. Want zo zag ik hem inderdaad weleens op de parkeerplaats bij het winkelcentrum. Wist ik veel dat dat Joey was.

"Je kunt het kopen, vijf euro per fles. Een vriendenprijsje. In de winkel kost zoiets gauw een euro of twintig."

Ik vraag maar niet wat het precies is, want dan kom ik helemaal zo dom over. Ik heb nog vijf euro in mijn jaszak. Dat kreeg ik vanochtend om nieuw maandverband te kopen, maar dat ben ik helemaal vergeten. Ik haal mijn schouders op en haal het briefje tevoorschijn.

"Zo, waarom betaalt zij maar vijf euro?" vraagt Johan.

"Mannen betalen nou eenmaal zeven vijftig, verschil moet er zijn." Joey vertrekt geen spier. Hij grist het briefje uit mijn hand. "Mooi."

Hij loopt naar zijn auto. Ik volg hem, want al heb ik helemaal geen trek in dat gore spul, ik heb liever iets dan niets voor mijn geld. Hij opent de achterklep van zijn wagen. Daaronder staan twee dozen met in totaal minstens dertig flessen erin. Allemaal doorzichtige plastic flessen met een grijze dop. Etiketten zitten er niet meer op, dus wat er eerst in heeft gezeten mag Joost weten. Het lijken wel van die goedkope badschuimflessen.

Joey trekt er een tussenuit en geeft hem trots aan mij. Ik pak hem aan. Hij plakt. Ik houd hem een beetje omhoog. Het is donker, maar door het licht van de dichtstbijzijnde lantaarnpaal kan ik vrij goed zien wat erin zit. Het is een bruinachtig, half doorzichtig spul. Op de bodem liggen wat dingetjes.

"Wat kijk je moeilijk! Je vond het toch zo lekker!" zegt hij.

"Ja, lekker wel. Maar wist ik veel dat het er zo goor uitzag!" Joey kijkt alsof ik iets heel stoms zeg.

"Nou," zegt hij, "het komt toch allemaal in je maag terecht, hoor. Alsof het er daar zo lekker uitziet!" Hij haalt er nog drie flessen tussenuit en loopt naar de anderen.

"Kopen?"

Ik ben benieuwd hoe Esmé zich daaruit gaat redden, want zij moet er ook niets van hebben, vermoed ik.

"Nou," zegt ze, "ik zou er dolgraag een paar willen, maar ik bedenk me nét dat ik mijn portemonnee thuis heb laten liggen. En je doet niet aan afbetaling, heb ik gehoord. Dus jammer joh, ik zou het graag doen, maar ja."

Joey haalt zijn schouders op. Shit, waarom heb ík dat niet bedacht?

Urenlang blijven we buiten. Ik heb het koud, dat spul vind ik niet te drinken en ik krijg een eng gevoel bij die Joey. Hij doet wel vriendelijk en amicaal, maar ik vertrouw hem niet helemaal. Eigenlijk wil ik gewoon lol hebben met Esmé, Johan en Raymond, maar Johan en Raymond lijken dikke vrienden te zijn met Joey. En Esmé vindt hem volgens mij ook wel leuk, dus die gaat voorlopig niet weg, vrees ik. Ik neem nog een slok. Mijn maag krimpt ineen, zo sterk is het. Smerig is het ook, maar het geeft een warm gevoel en ik sta te bibberen van de kou. Dus iets warms kan ik wel gebruiken. Na de zoveelste slok begint de smaak te wennen. Ik voel me een beetje zweverig en na een poosje heb ik het niet meer zo koud. Af en toe geef ik mijn fles door aan de anderen. Het kan maar op zijn, vind ik.

Hoe laat we zijn teruggegaan en wat we al die tijd hebben gedaan, weet ik niet meer. Maar toen we terugliepen zagen we het busje al rijden dat kranten bij de bezorgers dropt. Het moet een uur of vijf zijn geweest.

Het is 10.22 uur. Ik veeg een klodder spuug van mijn gezicht. Bah, een sliert blijft hangen aan mijn hand. Ik spoel het af en gooi een plens water in mijn gezicht. Wat er in de wasbak ligt loopt niet weg. Het is een bruine drab, met klonten erin. Ik wend mijn hoofd af. Mijn maag trekt zich samen. Een nieuwe golf komt omhoog. Spetterend klettert hij in de wasbak. Shit, afvoer verstopt. Hoe krijg ik dat weg? Met mijn vingers ga ik het niet doen. No way! Ik kijk rond, maar zie zo snel niet iets dat ik kan gebruiken.

Of toch? Ik herinner me dat één van de plinten al een tijd los zit. Ik kijk naast mijn kast. Eén plint steekt duidelijk uit. Ik trek eraan, maar hij zit nog vast. Ik trek wat harder. Hij schiet los. Hij breekt, eigenlijk, maar dat maakt niet uit. Als ik hem straks weer terugleg en misschien vastplak met wat Pritt, zie je er vast niets meer van. En trouwens, dat is van later zorg. Ik peur met de plint in het putje. Ik roer hem er flink doorheen. De smurrie loopt al een beetje weg. Na nog wat wroeten is de wasbak leeg. Er zit alleen nog een bruine rand in, met hier en daar iets dat ik niet thuis kan brengen. Met een bekertje spoel ik de laatste resten weg.

Mijn maag voelt een stuk beter nu hij leeg is. Maar mijn hoofd bonkt. Omdat ik het niet te veel wil bewegen, kijk ik met een schuin oog naar de klok. 10.28 uur. Nog twee minuten! Snel poets ik mijn tanden. Ik fatsoeneer mijn haar en smeer een klodder mascara op mijn wimpers. Een blik in de spiegel zegt me dat ik er nog steeds niet uitzie. Niks aan te doen. Een geluk bij een ongeluk is dat ik mijn kleren nog aan heb. Blijkbaar heb ik vannacht niet de tijd genomen om mijn pyjama aan te trekken. Ik trek mijn shirt recht, haal een keer diep adem en ga naar beneden. Op de trap bedenk ik nog een paar redenen waarom ik me verslapen zou kunnen hebben.

Hoofdstuk 20

Als ik beneden kom, hoor ik Elske lachen. Gelukkig, ze is in een goede bui. Bovendien is het deze week toetsweek, dus dat ik de eerste paar uur vrij ben lijkt me helemaal niet zo raar. Paniek voor niks dus. Zonder al te veel stress loop ik het kantoortje in.

"Hoi," zeg ik, alsof er niets aan de hand is. Mijn hoofd bonkt weer, na die trap, maar dat laat ik niet merken. Nonchalant laat ik me in de stoel zakken. Het getik van hakken kom dichterbij. Oei, dat komt me bekend voor! En inderdaad, Carolien komt binnen. Carolien is de gedragswetenschapper. Zij zit altijd bij tussenevaluaties en teamvergaderingen en komt verder alleen als er echt iets aan de hand is.

"Zo," zegt ze, "je bent er. Mooi. We moeten eens een hartig woordje met je spreken."

"Hoezo dat dan?" zeg ik verbaasd. "Ik heb toetsweek, dus ik hoef pas om twaalf uur op school te zijn, hoor!" Het klinkt iets brutaler dan de bedoeling was.

"Ging het maar over alleen je school. Je zit flink in de nesten, dame."

Vragend kijk ik naar Elske. De bui die ze leek te hebben toen ik haar hoorde lachen, is spontaan verdwenen. Ze kijkt me aan met een blik van 'tja', al kan ik niet precies uitleggen hoe dat eruitziet. Carolien zit met haar benen over elkaar en heeft een papier voor zich liggen.

"Ik weet niet zo goed waar ik moet beginnen. Maar je hebt er een behoorlijke puinhoop van gemaakt, laat ik het zo zeggen."

Ik doe alsof ik niet begrijp waar ze het over heeft. Ik kijk naar beneden, naar de grond. Mijn oog valt op een flinke scheur in mijn broek. En tot mijn grote schrik zit er een grote vlek in mijn shirt. Het lijkt een combinatie van die drank en modder. Ineens herinner ik me dat ik op mijn snufferd ben gegaan.

Ik werd dizzy, en om dat niet te laten merken wilde ik nonchalant tegen een lantaarnpaal gaan leunen. Of ik nou een inschattingsfout maakte, of dat die paal ineens een stuk opschoof weet ik niet, maar ik leunde mis en maakte een klapper tegen de grond. Een ogenblik had ik niet door wat er was gebeurd, maar ik kwam weer bij toen Johan riep: "Sannah, Sannah, gaat het?" Het liefst was ik hard gaan janken, want het deed onwijs veel pijn. Maar toen ik Joey tegen Raymond hoorde zeggen dat ik ook nog te jong was om te drinken, ben ik snel opgestaan. Ik trok mijn shirt recht, veegde zo goed en zo kwaad als het ging de modder van mijn broek en zei: "Oeps, foutje." Verder deed ik of er niets aan de hand was.

Ik sla gauw mijn benen over elkaar en mijn armen ook, zodat het minder opvalt. Ik voel dat ik een kleur krijg, maar ik zeg niets.

"Dat je weleens spijbelde, vermoedden we al," vertelt Carolien. "Maar je cijfers waren redelijk. En verder deed je het ook niet slecht. Je zat lekker in je vel, van school kwamen geen klachten, je lag goed in de groep en je hield je aan de afspraken. Tenminste, dat dáchten we. Maar nu krijgen we toch een heel ander beeld van je."

Ik zeg nog steeds niets. Ik weet niet wat ze precies ontdekt hebben en ik ga mezelf natuurlijk niet verraden. Dus ik houd me nog even dom.

"We zijn het vertrouwen in je een beetje kwijtgeraakt," vervolgt Carolien. "Zeker nadat buurman Van der Zande vanochtend voor de deur stond. En ik kan je zeggen, hij was *not amused*."

O, kut, nu weet ik het weer. Ik ben niet alleen naast die paal op mijn gezicht gegaan, ik viel ook nog eens dwars door de heg de tuin van Van der Zande in! Die heg, daar heb ik verder niet meer op gelet, maar ik kan me voorstellen dat daar nu een gat in zit.

"Wij zijn trouwens ook niet echt 'amused'. Het zal vast niet de eerste keer zijn dat jullie er 's nachts vandoor zijn gegaan. Hoe jullie buiten zijn gekomen weet ik niet, maar laat het niet nog een keer gebeuren."

Ik ga in de verdediging en zeg dat het écht de eerste keer was dat we er stiekem tussenuit zijn geknepen. Elske onderbreekt me. "En die Joey waar jullie mee omgaan, volgens mij ken ik hem. Pas maar op. Hij heeft mooie praatjes, maar… In ieder geval, ik wil er niks meer over horen. En of het nou de eerste, of de zesde keer was, dat interesseert me niet. Of de dertigste, of wat dan ook!"

"Sorry," zeg ik. "Het zal niet meer gebeuren." Ik sta op. "Ik moet de bus van vijf over elf halen, ik heb straks een toets."

Maar Elske houdt haar hand op en wijst weer naar de stoel. Ik besef maar al te goed dat ik nu geen grappen moet uithalen. Ik ga weer zitten.

"Wat voor toets heb je eigenlijk?"

"Eeeh, voor Engels, daar hoefde ik niets voor te leren."

"O, hoe laat?"

"Half één," zeg ik.

Elske kijkt verbaasd. "O, echt?" zegt ze. "Vreemd. Ik dacht dat je toets al om half tien begon. Dat zei De Vink toen hij net belde."

Shit, nu zit ik echt in de penarie!

"Hij heeft wel zes keer naar je mobiel gebeld," gaat ze verder. "Toen je daar niet opnam, hebben ze een oud nummer gebeld dat ze nog hadden. En laat dat nu nét dit nummer zijn geweest." Ze wijst naar de telefoon op het bureau.

Aai, daar gaat mijn telefoontruc… Toen ik net op de Globetrotter woonde, belden ze steeds naar de groep als het eerste uur uitviel. Omdat ik dan al onderweg was naar school, bellen ze tegenwoordig naar mijn mobiele nummer. Per ongeluk is het toen ook bij de administratie veranderd. Dus steeds als ze naar de groep dachten te bellen om te vragen waar ik bleef, kregen ze míj aan de lijn. Natuurlijk zag ik dat het mijn school was die belde, dus nam ik altijd op met een andere stem. "Goedemorgen, de Globetrotter, u spreekt met Elske," zei ik dan vrolijk. "Sannah, nee, die komt niet vandaag, ze heeft een gesprek met haar maatschappelijk werker. Heeft mijn collega dat niet doorgeven? O, sorry, bij deze dan!" Of Raymond nam op: "Goedemorgen, met Marco! Dag meneer Peek. Goed dat je belt, het stond nog op mijn *to-do*-lijstje. Sannah komt wat later, ze moet naar de tandarts vandaag. Een gaatje ja. Tja, die jeugd van tegenwoordig snoept wat af! Voor je het weet hebben ze een kunstgebit!"

"Sannah?" vraagt Carolien.

"O, eh… Dan hebben ze die tijd zeker veranderd. Waarom geeft niemand dat even aan mij door!" Ik probeer boos over te komen. "Nu heb ik die toets gemist! Heeft hij ook gezegd wanneer ik hem in kan halen?"

Elske kijkt me aan. "We zijn niet achterlijk hoor, Sannah!"

Ik staar naar buiten. Het regent een beetje.

"Hoe kan ik het goedmaken met de buurman?" vraag ik als ultieme afleidingspoging. "Zal ik kijken of ik nieuwe plantjes kan kopen voor in zijn tuin?"

"Nogmaals, Sannah, we zijn niet van gisteren!"

Ik weet echt niet meer hoe ik me hier uit moet redden.

Het enige dat ik kan bedenken, is op hun gevoel inspelen. "Ja, sorry, ik vind het ook zo lastig allemaal. Ik heb gewoon een hoop aan mijn hoofd. Mijn moeder, mijn broertje... Concentreren lukt me niet op school. En als ik huiswerk maak in het 'uurtje-voor-jezelf', zit ik meer voor me uit te staren en te piekeren dan dat er een letter uit mijn pen komt. Ik doe mijn best, maar het lúkt gewoon niet. En op school snappen die meiden helemaal niets van me. Die zijn alleen bezig met vriendjes en make-up enzo. Die begrijpen echt niet wat ík allemaal meemaak! Ik voel me daar gewoon niet thuis. En dan krijg ik ook nog eens op mijn kop van die leraren als ik mijn werk niet af heb. Zij begrijpen ook niets van mijn situatie."

Met tranen in mijn ogen kijk ik Elske aan. Haar blik ziet er een stuk meer meelevend uit dan daarnet. Oef, gelukkig. Met de beste puppie-ogen die ik op kan zetten, kijk ik naar Carolien. Zij kijkt iets minder begripvol. Maar misschien heeft dat nog even tijd nodig. Voor een extra dramatisch effect pers ik er nog een diepe snik uit.

Elske buigt zich naar me toe. Ze glimlacht. "Ik weet dat je het zwaar hebt, meisje," zegt ze.

Yes! De juiste snaar geraakt. "Maar dat hebben we allemaal. Het leven is nu eenmaal geen krentenbol. En wij komen niet uit een ei. Dus je kunt mij niet wijsmaken dat je een goede reden hebt om in het winkelcentrum rond te hangen in plaats van gewoon de bus te pakken en naar school te gaan."

Haar stem is in één keer niet zo aardig meer. Eerder koel en zakelijk. Voor ik kan reageren, neemt Carolien het over.

"We gaan het anders aanpakken. Voortaan is er iedere week mailcontact tussen je mentor van school en Elske. Je verzuim is meer dan 67%. Dat kunnen ze door de vingers zien als je vanaf nu geen uur, maar dan ook geen uur meer mist. Die toets van vandaag mag je herkansen. Je rooster is inmiddels doorgemaild. Daar kan ook geen misverstand over bestaan. Verder laat Van der Zande een nieuwe buxus plaatsen en dat gaat je 45 euro kosten. Dat gaat niet van je spaargeld, want dat is bedoeld om te sparen voor je toekomst, voor je uitzet. Niet om plantjes voor de buren van te kopen. Conclusie: de komende negen weken gaat er elke week vijf euro van je zakgeld af. Je houdt dus één euro vijftig per week over voor andere dingen."

"En make-up dan, of als ik op school honger heb, of beltegoed nodig heb?" probeer ik nog.

"Daar hebben we ook over nagedacht en daar hebben we een goede oplossing voor. Een bijbaantje, noemen ze dat. Toevallig zoeken ze nog vakkenvullers bij de supermarkt hier achter."

Om haar verhaal nog duidelijker te maken, geeft ze me een affiche. 'Heb jij zin in een extra zakcentje?' staat erop. Ik pak het aan en bedenk me dat ik me nu écht in de nesten heb gewerkt.

"Wil je zelf nog iets kwijt?" vraagt Carolien. Ik schud mijn hoofd.

"Mooi, dan kun je nu gaan solliciteren, of vast gaan leren voor je toets voor M&M van morgen."

Ik sta op en loop naar mijn kamer. Daar plof ik op mijn bed. Ik hoor mijn telefoon, een bericht van Esmé.

'Joh, waar zit je? Ga je strx mee n t park. Joey vroeg zich af waar we blijven.'

'Geen zin,' stuur ik terug. In mijn verbeelding zie ik mezelf als braaf studentje voor me. Gadver.

Hoofdstuk 21

Nog geen minuut later komt Esmé mijn kamer binnen. "Zo, klop je niet even?" vraag ik verontwaardigd.

"Ja, waar zat je nou?"

Ik zeg niks. Ik heb geen zin om te praten. Waarom hebben ze háár niet naar beneden geroepen? Onderzoekend kijkt ze me aan. Dan lijkt er een lampje te gaan branden.

"O, shit, weten ze dat je aan het spijbelen was?"

"Nou en!" snauw ik. "Jij spijbelt toch ook, waarom moeten ze altijd mij hebben?!"

"O, dat...," ze lacht. "Je pakt het niet slim aan, jij!" Ze geeft me een por in mijn zij. "Toevallig heb ík vanochtend mijn school gebeld om te zeggen dat ik vandaag een evaluatie met mijn gezinsvoogd had. Werkt altijd! En met mijn schorre stem na gisteravond herkenden ze me niet, de *losers*."

Hoofdschuddend kijk ik haar aan. Die Esmé heeft ook altijd overal een antwoord op.

"Als je zoiets nou voortaan even eerder zegt!" roep ik uit.

"Wat?! Ja, sorry, hoor. Dat jij dat nou niet bedenkt!"

De trap kraakt. Er klinken voetstappen. Het zijn niet de hakken van Elske, die herkennen we inmiddels wel.

"Carolien," fluister ik.

We houden onze adem in. Er wordt op een deur geklopt. Esmé kijkt me verschrikt aan. Weer wordt er geklopt.

"Esmé, ik weet dat je er bent, over twee minuten verwacht ik je beneden." De voetstappen verdwijnen. Esmé haalt haar schouders op.

"Ach, gewoon bluf," probeert ze nog. Aan mijn blik ziet ze dat ze maar beter naar beneden kan gaan. Ze zucht diep en staat op.

Ik pak mijn telefoon en bel mijn moeder. Ik weet wel dat ik mezelf in de nesten heb gewerkt, maar ik heb gewoon even behoefte aan moederlijke steun. Gewoon, even haar stem horen, weten dat ze er voor me is. De telefoon gaat over. Geen gehoor. Dan haar antwoordapparaat. "Haiiiii, lekker ding! Ik ffffin het sooo leuk dat je me belt! Maaruhh, ik ben er effe niet, feessie bouwen! Ssspreek maar in na de pieieieieieiep! Hahaha!" Ik klap mijn telefoon dicht. Ik heb hoofdpijn, mijn arm doet zeer, ik ben moe en voel me vies. Maar ik voel me vooral heel eenzaam.

Dan gaat mijn telefoon. 'Mam', staat er op het scherm. Ik pak hem op.

"Mam," stamel ik. Ik heb meteen een brok in mijn keel. Waarom kan ik niet gewoon als ieder ander thuis wonen? En gewoon tegen mijn moeder aanhangen als ik het even niet meer zie zitten?

"Ach, kind, wat is er aan de hand? Je klinkt zo sip. Moet ik naar je toe komen?"

Zonder na te denken vertel ik in één keer wat er aan de hand is. Ik gooi het er allemaal uit. Over het spijbelen. Over wat de leiding wél, en waarschijnlijk nog niet heeft ontdekt. Over Samira die ik bijna nooit meer spreek, over dat ik me alleen voel, enzovoort. Ik hoop dat mijn moeder tips heeft. Want ik wil me hoe dan ook uit deze ellende zien te werken. Maar zij heeft andere ideeën.

"Ach, meissie," zegt ze. "Laat ze toch allemaal de schijt krijgen! Hoezo gaan ze moeilijk doen over een heg! 45 eurie, mijn reet! Knip gewoon een paar takken uit die heg en zet die op die kale plek, opgelost! En die Samira, dat is toch een brave trut, daar heb je toch niets aan!"

"Mam…"

"En hoe heet die troela, die mentor van je? Elske? Nou, volgens mij moet ze ongesteld worden met haar chagrijnige hoofd. Zullen de hormonen wel zijn!"

"Mam…"

"Ja, nou, het is toch zo? Ze denken allemaal dat ze het beter weten dan ik. En wat gebeurt er?! Ze hebben niet eens door dat je in de knoop zit en dat je ze nodig hebt! En dan nog wat…"

"Mam!"

"Ja, sorry, schat. Zeg het maar."

"Ja, nou, ik weet het gewoon effe niet. Ik snap wel dat ik die heg moet betalen en ik snap het gewoon allemaal wel, maar ik baal gewoon! Ik wil zo graag gewoon… Nou ja… Je weet wel… Gewoon een normaal leven, zeg maar."

"Ach liefie, dat snap ik, gewoon, dat je weer hier zou wonen, bij mij en André."

"André?"

"O, ja kind, heb ik je dat niet verteld? André, van die afkickkliniek. Je weet wel, die Lobbes. Echt, het is zo'n schat! Jammer dat je hem niet kent, je moet snel eens langskomen lieverd! Kom anders van de week effe een bakkie doen. Je rijdt hier toch langs als je naar school gaat en weten zíj veel waar je uitstapt!"

"Ik zie van de week wel, mam. Ik moet ophangen."

Ik smijt mijn telefoon door de kamer. Gelukkig komt hij op mijn berg wasgoed terecht. Ik plof weer op mijn bed. Ik zet de radio keihard aan en blijf zo liggen tot er op mijn deur wordt geklopt.

"Sannah, het is vier uur. Je hebt kookbeurt. Ga je boodschappen doen?"

Ook dat nog!

Maar tijdens het koken voel ik me toch een stuk beter. Ik heb besloten roti te maken; 'een beetje van mezelf en een beetje van Maggi'. Van Swiet Moffo, gewoon te koop bij de supermarkt. Niet zo lekker als bij de toko vandaan natuurlijk, maar toch goed te doen. Terwijl ik zo in de keuken bezig ben, sta ik een beetje te dansen op de muziek. Ik voel me steeds beter en ben echt van plan mijn best te gaan doen. Al was het alleen maar om van het gezeur af te zijn. En natuurlijk om te slagen. Dan kan ik volgend jaar eindelijk naar een school die ik zelf heb gekozen.

Na het eten ga ik meteen naar boven. Met mijn boeken van Mens en Maatschappij voor mijn neus staar ik voor me uit. Ik probeer het wel, maar het gaat volledig langs me heen. Na een half uur ben ik nog geen bladzijde verder. Ik schrijf steekwoorden op die ik moet onthouden. Dat helpt. Tegen negenen ben ik klaar. Ik ga naar de huiskamer. Esmé is er niet. Ik kijk of ze in de keuken is, maar ook daar is ze niet te vinden.

"Als je Esmé zoekt," zegt Elske, "die zit op haar kamer. Tot morgenochtend. Tijdens ons gesprek daarnet had ze zo'n grote mond, die hoef ik even niet te zien."

Zo, het lijkt wel een gevangenis hier, denk ik, maar ik zeg niets.

Rond half tien ga ik slapen. Deze dag heeft al veel te lang geduurd. Morgen weer een nieuwe en hopelijk word ik wakker in een driesterrenhotel met champagne-ontbijt. Al heb ik geen flauw idee hoe champagne smaakt, het klinkt wel leuk.

Hoofdstuk 22

Om acht uur schrik ik wakker van de wekker. Shit, wat vroeg. Dat ben ik niet meer gewend! Nog een geluk dat ik toetsweek heb, anders had ik nu al in de bus gezeten. Ik dommel weer in slaap. Tien minuten later gaat de wekker weer. Ik sta op en kijk in de spiegel. Ik zie er verfrommeld uit, maar beter dan gisterochtend. Ik voel me ook een stuk minder brak.

Beneden zit Johan aan de ontbijttafel. Hij kijkt net zo duf als ik me voel, Boven zet iemand de douche aan. Hassan, denk ik. Want Prisca vertrekt altijd al om zeven uur. Marco komt de huiskamer binnen met de krant in zijn hand. "Zo, gezellig jongens," zegt hij, "zo hebben we lang niet meer gezeten. Wie wil er een kopje thee?" Voor ik kan antwoorden heeft hij al ingeschonken. Gedachteloos neem ik een slok. Heet! Ik spuug het terug in mijn beker. Godver, lippen verbrand. Ik loop naar de kraan om koud water te drinken en hoor Johan mompelen: "Het is helemaal niet goed voor een mens zo vroeg op te staan."

Als ik twee uur later de bus uitstap, komt Samira op me af rennen. "Hee, Sannah!" roept ze. Ze vliegt me om mijn nek. "Ik heb je gemist, joh! Wat goed dat je er bent!" We lopen naar school en Samira kletst honderduit over van alles wat ze heeft meegemaakt de laatste tijd. Over haar broertje dat mag afzwemmen en over haar hond die net puppies heeft gekregen. Ze is eigenlijk best oké.

Mijn wiskundetoets gaat redelijk. Een aantal antwoorden heb ik sowieso goed. Een paar vragen laat ik open en van sommige antwoorden ben ik niet zeker. Maar met een beetje geluk heb ik een vijf komma drie. Precies genoeg met die vijf komma zeven van vorige keer.

Op het schoolplein vraagt Samira of ik haar puppies wil zien. Dat wil ik wel, maar ik pak de bus terug. Morgen heb ik biologie en daar moet ik een hoop voor leren. Ik ben vastbesloten mijn toetsen goed te maken en geen problemen te krijgen op de groep. "Nou ja, anders volgende week," zegt Samira. "Maar wacht niet te lang, hoor, ze groeien echt snel!" Ze springt op haar fiets, ik loop naar de bus.

De rest van de week doe ik niets anders dan leren. Van 's ochtends vroeg tot 's avonds laat zit ik met mijn neus in de boeken. Ik heb eens nagedacht over hoe het zou zijn als ik dit jaar zou zakken, en daar voel ik helemaal niks voor. *No way* dat ik volgend jaar tussen die derdeklassers ga zitten!

De week na de toetsweek heb ik weer een mentorgesprek, beneden in het kantoor, tijdens het 'uurtje-voor-jezelf'. Elske geeft aan dat ze trots op me is. Ik heb er een tijd een puinhoop van gemaakt, vindt ze, maar ik heb me goed hersteld. Daar ben ik het wel mee eens, al weet ik niet hoe lang ik dit brave leven vol kan houden. Over Elskes schouder heen zie ik Esmé en Raymond voor het raam langs glippen. Esmé struikelt bijna over een stoeptegel. Echt iets voor haar! Met moeite weet ik mijn lach in te houden.

"Het is jammer dat je niet overal een voldoende voor hebt gehaald," vervolgt Elske, "maar je hebt het in ieder geval geprobeerd."

"Hoe bedoel je?" vraag ik.

"Nou, voor je toetsen. Ik kreeg vanmiddag je cijferlijst doorgemaild. Voor wiskunde had je een vier komma zes, voor Mens en Maatschappij een zeven komma drie, Engels is nu een één, maar die mag je natuurlijk herkansen en Nederlands weet ik niet meer precies. Bijna een voldoende, dacht ik. Biologie stond er nog niet op."

Mijn adem stokt. Het duizelt me. Een vier komma zes voor wiskunde! Ik moest een vijf komma drie halen! Niks aan de hand, dacht ik toen nog. Maar met die vier komma zes is het onvoldoende. Kut. "Wat had ik nou voor Nederlands?" vraag ik. "Tja, dat weet ik niet meer, iets van een vijf komma nog wat, dacht ik. Ik zoek het even op." Elske draait zich om naar de computer en opent haar mail. Ik staar voor me uit. Shit, wat baal ik hier van! De hele week ben ik niet weggeweest. Ik ben niet gaan chillen en heb niet één keer gelachen. Ik zit alleen maar met mijn neus in die suffe boeken en nóg haal ik geen voldoendes! "O ja, hier," zegt Elske dan. "Een vijf komma drie. En voor Mens en Maatschappij een zeven komma zes, ik dacht een zeven komma drie. Nog beter dus! Goed gedaan hoor, meid! En die vijf komma drie en die vier komma zes, tja... Het zijn geen voldoendes natuurlijk, maar gezien je achterstand en je verzuim van de afgelopen maanden valt het nog mee."

Teleurgesteld ga ik naar boven. Ik staar voor me uit tot Esmé op mijn deur klopt. Ze loopt meteen naar binnen. "Hee, mafkees," zegt ze lachend, "je hebt wat gemist net!" In geuren en kleuren vertelt ze wat er is gebeurd. Ze was met Raymond naar buiten gesneakt en gaan chillen met Joey. Joey had nieuwe drank gemaakt. En hij had een nieuwe auto gekregen van zijn ouders, een cabrio. Ze gingen een stukje rijden. "Nou ja, ríjden! Volgens mij heeft hij niet eens een rijbewijs!" Esmé ziet het weer helemaal voor zich, ze giert het uit en valt dubbel van het lachen op mijn bed. Bovenop mijn schoolboeken die ik al had klaargelegd voor morgen. "Haha, tutje, terwijl jij met je boeken de brave student aan het uithangen was, zat ik lekker in een cabrio!" Ze gooit de boeken van het bed. Mijn biologieboek klapt dubbel en een deel van de pagina's scheurt los. Ik heb zin om boos te worden. Het zijn wel míjn spullen waar ze mee gooit. En ík krijg aan het eind van het jaar gezeik als mijn boeken niet heel meer zijn, niet zíj. Maar Esmé gaat verder met haar verhaal. Mijn boosheid verdwijnt en ik zie het al helemaal voor me. Joey achter het stuur en Esmé ernaast, net als in die film van Bridget Jones, waarbij ze zichzelf helemaal geweldig voelt. Leuke muziek op de achtergrond, en dan ineens waait haar sjaal weg. Ze haalt de meest onhandige toeren uit om hem weer te pakken te krijgen.

"Nou, Raymond zat nog niet helemaal, maar Joey scheurde al weg. Raymond hing met zijn benen buitenboord, ondersteboven in dat ding! Echt, ik heb me rot gelachen! En toen wilde Joey even stoer doen. Hij probeerde te slippen met die cabrio. Maar dat lukte niet helemaal. Met gierende banden vlogen we bijna tegen een lantaarnpaal! Hij kon hem net ontwijken, maar raakte met de andere kant een paaltje. Er zat een behoorlijke deuk in de zijkant. En wat doet die sukkel?! Hij haalt zijn schouders op, stapt weer zijn in wagen — wij ook natuurlijk — en rijdt gewoon weer verder! Alsof er niks aan de hand is!"

Ik vind het hartstikke grappig, maar lach als een boer die kiespijn heeft. De volgende keer ga ik mee. Die klote school kan me gestolen worden. Ze zakken maar lekker in de stront met hun vijf komma weet ik veel!

Drie weken lang ga ik netjes naar school, want ik kan me niet veroorloven lesuren te missen. Maar braaf huiswerk maken tijdens het 'uurtje-voor-jezelf' doe ik niet. Net als Raymond en Esmé ga ik lekker chillen. Alleen ben ík niet zo stom over een stoeptegel te struikelen!

Hoofdstuk 23

Het is oudejaarsavond. Raymond, Johan, Esmé en ik hebben afgesproken dat te vieren bij Joey thuis. Omdat Elske dat nooit goed zal vinden, hebben we gezegd dat we bij Irene zijn. Irene is een nicht van Esmé. Ze woont hier in de buurt met haar ouders. Ze is zeventien en best een leuke meid hoor, niks mis mee. Maar ja, niet eentje om ontzettend veel lol mee te hebben. We vertrekken om negen uur en wippen even bij haar langs. Dan kunnen we altijd zeggen dat we daar echt zijn geweest.

Bij haar thuis in de keuken proppen we snel een oliebol in onze mond. "Alvast een gelukkig nieuwjaar!" roepen we, en we staan alweer buiten. We hebben de deur nog niet achter ons dichtgetrokken of Joey komt aanrijden. Niet in een cabrio dit keer, maar in een zwarte *Landrover Discovery*. Hij stopt voor onze neus, stapt uit en opent het rechter voorportier. "Zo," zegt hij. "Wie gaat er mee?" "Ik wil voorin!" roept Esmé. Ze duwt Raymond en Johan opzij en neemt plaats op de grote zwarte leren stoel. Ze heeft een heel kort rokje aan. Door de grote stap die ze moet nemen schuift het nog een beetje omhoog. "Zo, sexy, hoor!" roept Joey. Hij legt zijn hand op haar been. Ik stap achterin. Haar gezicht kan ik niet zien, maar aan haar nek zie ik dat Esmé rood wordt.

Ik ben benieuwd. Nu zullen we eindelijk weten of ze daar een zwembad hebben. Joey zet de stereo keihard. De wagen trilt ervan. Met zijn handen trommelt hij op het stuur, op de maat van de muziek, een kruising tussen klassiek en reggae. Best leuk.

Raymond heeft de gebruikelijke rum bij zich — hij denkt nog steeds dat je dat niet ruikt. Hij neemt een slok en geeft de fles door. "Ik wil ook, ik wil ook!" roept Esmé. Ze zet de fles aan haar mond en neemt een teug. Precies op dat moment geeft Joey gas. Hij scheurt over een verkeersdrempel. Het geeft zo'n klap dat ik zo'n beetje tegen het dak word gelanceerd.

"Auwww, idioot!" roept Esmé. "Kijk nou wat je doet!" Joey lacht. "Haha! Moet je je riem maar omdoen!" Boos draait ze haar gezicht naar hem toe. De drank druipt uit haar haar, en haar lip bloedt.

"Aagh, godver, idioot! Dat spul brandt!" Ik zoek in mijn tas naar een zakdoek. Ik heb er wel een, maar die heb ik al eens gebruikt om uitgelopen mascara weg te vegen. Nou ja, beter dan niets. Ik geef hem aan Esmé. Ze drukt hem tegen haar mond.

Joey zet de wagen aan de kant.

"Wat ga je doen?" vraag ik. "Kunnen we niet beter doorrijden naar je huis? Daar hebben je ouders vast wel pleisters ofzo."

"Nee," antwoordt hij, "dat duurt veel te lang, ik weet wel wat. Volgens mij heb ik achterin iets gezien."

Hij stapt uit, loopt naar de achterkant van de wagen, opent de achterklep en rommelt er wat. "Hebbes," zegt hij dan. "Ik dacht het al."

Hij komt terug met een EHBO-koffertje. Hij vist er een pleister uit.

'Volgens mij heb ik achterin iets gezien,' zei hij. Ik herhaal de woorden nog eens in mezelf. Wat bedoelde hij daarmee? Het lijkt wel alsof hij niet eens weet wat er in zijn eigen wagen ligt.

"Ja, ja, je ziet het!" roept Joey. "Ik ben overal op voorbereid. Oompie Joey regelt het wel." Hij wil de pleister op Esmé's wond plakken, maar ze grist hem uit zijn hand.

"Laat mij dat maar doen, jij hebt al genoeg gedaan!" snauwt ze hem toe.

Ze klapt de zonneklep omlaag om in het spiegeltje te kunnen kijken. Zo goed en zo kwaad als het gaat plakt ze de pleister op haar gescheurde lip. Hij zit half in haar mond en laat meteen los.

"Misschien moet je hem óver je mond plakken," oppert Johan. "Dat is voor óns ook een stuk leuker!" Hij kijkt naar Joey met een blik van 'hoor toch eens hoe grappig ik ben'. Het blijft me bezig houden, die opmerking van Joey. "Weet je niet wat je in je eigen auto hebt liggen?" flap ik eruit. "Hoe bedoel je?" vraagt Joey. Hij kijkt me fel aan. Ik schrik ervan, maar laat het niet merken.

"Nou, gewoon," zeg ik. "Je zei dat je achterin iets had gezien, alsof je niet weet wat er in je eigen wagen ligt." "O, dat," zegt hij. In de verte klinken zware knallen van vuurwerk. En een sirene.

Volgens mij vindt Joey mijn vraag niet zo leuk. Alsof ik me niet met zijn zaken moet bemoeien. Of dat hij zich gecontroleerd voelt.

"Hebben je ouders er zeker in gelegd," zegt Johan. "Nou, daar hoef je je helemaal niet voor te schamen, hoor. Jouw ouders doen dat tenminste voor je."

Het is voor het eerst dat ik Johan iets over ouders hoor zeggen. Joey glimlacht opgelucht en rijdt weg.

Raymond speelt met het knopje om het raam te bedienen. Het gaat omlaag, en omhoog. Omlaag en omhoog. Dan laat hij het helemaal zakken. Hij haalt iets uit zijn zak. Vuurwerk! Hij klooit met een aansteker. Joey en Esmé zitten voorin te kletsen. De lont brandt. Raymond gooit het ding uit het raam. Achter ons is een flits, meteen gevolgd door een enorme knal. "Jezus, ik schrik me rot!" gilt Esmé. Joey kijkt achterom. Raymond grijnst. "Godver! Doe dat nooit meer!" schreeuwt Joey. "En doe dat raam dicht!" "Jezus man, wat ben jij chagrijnig vandaag!" reageert Raymond. Ik krijg een eng gevoel bij de reactie van Joey, zo ken ik hem niet. "Sukkel!" roept Esmé ineens. Ze wijst naar het dashboard. "Je benzine is op!" "Hè, wat?!" zegt Joey afwezig. "Je benzine is op, je moet tanken!" Het lijkt of Joey niet goed weet wat hij ermee aan moet. "Hier om de hoek is een benzinestation," weet Johan. "Bij de kruising rechts." Joey doet wat Johan zegt. We stoppen bij de voorste pomp. Johan springt de auto uit. "Hé, doe het klepje eens open!" roept hij. "Ja, ja, rustig," mompelt Joey. Hij rommelt onder zijn stoel. "Gevonden," zegt hij. "Volgooien die handel!"

We stappen uit. Johan draait de dop van de tank en steekt de slang erin. De teller van de pomp draait een poosje. "Ja, ho maar," zegt Joey. "Zo vol hoeft-ie nou ook weer niet!" "Hoezo, niet zo vol? Straks sta je weer met een lege tank!" Johan gaat vrolijk door. De teller komt inmiddels boven de veertig euro uit. "Ja, ho nou maar!" roept Joey geïrriteerd. "Nou, sorry hoor, meneertje. Ik wil je alleen maar helpen," mompelt Johan terwijl hij de slang terug hangt.

"Ga nou maar weer in de auto!" snauwt Joey. "Ik kom er zo aan!" Ik snap niet waarom hij ineens zo kwaad wordt. Johan en Raymond kijken elkaar aan. Ze halen hun schouders op en stappen weer in. "Hij moet zeker ongesteld worden," zegt Esmé. Lachend gaan we zitten. Ik kijk naar de winkel. Daar staat een man af te rekenen. Maar Joey is het niet. Waar is die gozer toch?

Ineens schiet er links van me iemand achter de auto vandaan. Daar is 'ie! Hij rukt het portier open, springt in de wagen en gaat er met piepende banden vandoor. Hij slingert nogal en bonkt met een van de wielen over een stoepje. Esmé gilt. Ik houd me vast aan het handvat boven de deur. Bij een bocht naar rechts word ik geplet door Johan, die op zijn beurt wordt geplet door Raymond. "Jezus man, het lijkt wel een achtbaan!" roept Esmé. "Yes! Gas erop!" roept Raymond. Een paar straten verderop gaat Joey eindelijk wat rustiger rijden. Niemand zegt iets. Totdat Raymond zijn mond opentrekt. "Wat was er nou? Waar kwam je ineens vandaan?" Joey kijkt om zich heen. Hij grinnikt. "Hadden júllie soms willen betalen?" Nou, ik in ieder geval niet. Ik ben blut. Ik ben nog steeds bezig met het afbetalen van die stomme heg. Esmé is vast haar portemonnee weer 'vergeten' en Raymond en Johan halen hun schouders op. "Nou dan," zegt Joey.

Via de binnenspiegel kijken Esmé en ik elkaar vragend aan. Dan gaat er een lampje bij me branden. Oei! Hij is weggereden zonder te betalen! Daarom moesten we vast in de auto gaan zitten. Hij heeft gewacht tot we erin zaten en kon er toen bij springen om ervandoor te gaan. Esmé trekt een gezicht van 'Ik snap er geen reet van'. Sukkel, snap dat dan! probeer ik met mijn blik duidelijk te maken. Ze fronst haar wenkbrauwen. Ik draai met mijn ogen, alsof ik wil zeggen 'zo, jij bent echt dom, jij!' De frons verdwijnt. Ze kijkt me verschrikt aan. Hèhè, ze heeft het door.

Niemand zegt een woord. Uitstappen kunnen we niet zomaar. En als er camera's bij die pomp hangen, zijn we sowieso de pisang. "Ach," zegt Joey, "ze verdienen genoeg aan die benzine. Een tankje meer of minder missen ze heus niet, hoor. Kom op jongens! Het lijkt hier wel een begrafenis! *Let's party!* Het is niet voor niets Oud en Nieuw!" Ja, dat is waar, het is tijd om te feesten. Joey zet de muziek nog wat harder, maar ik kan er niet echt van genieten. We rijden het busstation en het bedrijventerrein voorbij. "We zouden toch naar je huis gaan?" Esmé is de eerste die doorheeft dat we een heel andere kant oprijden dan die van die dure wijk. Dit is meer een achterbuurt. Op straat liggen vuilniszakken. Sommige zijn opengescheurd. De inhoud ligt verspreid over het asfalt. Een paar meeuwen vliegen op. Joey slaat linksaf, een steegje in. Even verderop stopt hij de wagen. "Uitstappen!" roept hij. We stappen allemaal uit, al heb ik geen flauw idee waar we naartoe gaan. Joey staat intussen bij een houten deur. Er zit nog maar weinig verf op. De onderkant is weggerot.

Ik hoor nog een auto. Aan het licht te zien komt hij ook de steeg in. Joey rommelt zenuwachtig in zijn jaszak. Hij graait er een sleutel uit, klooit wat aan de deur en opent hem. Hij springt de gang in. Johan, die het dichtst bij hem staat, trekt hij naar binnen. "Hup, schiet op," bijt hij hem toe. "Zo, relax man!" reageert Johan. Het is Oud en Nieuw, geen stress en paniek!" Joey duwt ons zo ongeveer de trap op. Hij gooit de deur dicht en komt achter ons aan. Het ruikt muf. Een kruising tussen vieze natte stinksokken zoals alleen jongens die kunnen hebben en rotte vis. Bovenaan de trap zie ik in de schemering twee deuren. De ene is dicht, de andere staat op een kier. Erachter brandt licht. Dat is maar goed ook, want anders was ik zeker gestruikeld over de zooi op de trap.

Esmé loopt voorop. Ze duwt de deur open. Een fel licht komt ons tegemoet. Ik zie een kapotte bank. En zo'n staande lamp, waar een lampenkap op hoort. In dit geval is het alleen een stang met een felle lamp erop. Tegenover de bank is een aanrecht. Tenminste, ik zie iets dat vol staat met vieze vaat, lege soepblikken, bierblikken en andere troep. Op één van de borden ligt iets dat veel weg heeft van een verrot kippenpootje. Er zitten vliegen op. Dikke zwarte strontvliegen. In de hoek ligt een berg kleren met bovenop een onderbroek met remsporen. Ik ga bijna over mijn nek. "Je gaat me toch niet vertellen dat je híer woont?!" Raymond is me net voor met zijn vraag. Nog voor Joey antwoord kan geven, wordt er hard op de deur gebonkt. "Doe open, politie!"

Hoofdstuk 24

Verschrikt kijken Esmé en ik elkaar aan. "Kut!" roept Joey. Hij rent naar het raam aan de achterkant van het huis. Hij probeert het open te krijgen, maar het zit vast. Met zijn schouder ramt hij het open. Hij klimt in het kozijn en laat zich vallen. Ik kijk uit het raam. Hij is op een vuilcontainer terechtgekomen. Hij springt er vanaf, klimt over een schutting en verdwijnt uit het zicht.

"Ja lekker ben jij! Ons een beetje de schuld geven!" schreeuwt Esmé hem na.

Weer wordt er gebonkt. "Politie! Doe open, of wij maken de deur open!" Ik sta te trillen op mijn benen. Zal ik ook naar buiten klimmen? Nee, dat durf ik niet. Johan en Raymond wel. Het hoofd van Raymond zie ik nog net achter de vensterbank verdwijnen. Johan is er waarschijnlijk al vandoor, want hierbinnen zie ik hem niet meer.

"Godsamme!" roept Esmé. Ze stampt op de grond. We kijken elkaar aan. "Shit! Shit! Shit!" Het enige dat erop zit, vrees ik, is de deur opendoen. Ik trek haar mee de trap af. Beneden zoek ik met trillende handen het slot. Ik verwacht zometeen omver te worden gelopen door agenten die met getrokken pistolen naar boven stormen. Ik vind het slot en open de deur. Voor mijn neus staat een agente. "Is er nog iemand binnen?" vraagt ze. Ik schud van niet. "Komen jullie dan maar mee," zegt ze op zo'n vriendelijke toon dat het wel een 1-aprilgrap lijkt.

Aarzelend doen we een stap naar buiten. Dan komen Joey, Raymond en Johan de hoek om. Ik snap niet waarom ze niet wegduiken als ze ons zien. Maar dan komt er nog een agent de steeg in. Aaah, vandaar!

Esmé zet een paar stappen in de richting van de jongens en begint te schelden. "Klootzak, kijk nou! Nu zitten wij in de problemen door j..." De agente sust haar geschreeuw. "Blijf jij maar even hier staan," zegt ze, terwijl ze Esmé zachtjes in mijn richting duwt. "Jullie mogen zometeen met hén mee." Ze wijst naar een tweede politieauto, die nct de hoek om komt rijden. Pal voor ons stopt hij. De agente opent het portier en Esmé en ik kruipen op de achterbank. De deur wordt gesloten. Vanuit mijn ooghoeken zie ik dat Joey wordt geboeid. Hij probeert nonchalant te kijken, maar dat lukt niet echt. Johan en Raymond kijken hem boos aan. Dan rijdt onze auto weg. Hoog boven de huizen knettert een vuurpijl.

De rit naar het politiebureau lijkt uren te duren. Esmé en ik zeggen niets. We durven elkaar nauwelijks aan te kijken. Wezenloos staar ik naar buiten. Ik besef maar al te goed dat ik me in de nesten heb gewerkt. Want een positie waarin ik rottigheid kon uithalen en me daaruit kon praten heb ik allang niet meer op de Globetrotter.

Op het bureau worden Esmé en ik uit elkaar gehaald. Zij gaat met de agente mee, ik volg de agent die achter de jongens aanliep een gang in. Aan het eind ervan gaan we een kamertje in. De agent wijst me een stoel en schuift zelf achter een bureau.

"Zo," zegt hij. "En jij bent...?"

"Sannah van Veen, meneer."

"Adres?"

"Globetrotter 25, meneer."

"Het kamertrainingsproject?"

"Ja, daar."

"En, Sannah, vertel eens, waar ken jij Joey van?" Mijn mond valt open van verbazing. Hoe weet hij dat Joey Joey heet? De agent kijkt me vragend aan. Ik krijg het spaans benauwd. De man vertrekt geen spier. Zou Joey een bekende van de politie zijn? En wat zal de leiding wel niet zeggen als ze erachter komen dat wij helemaal niet bij Esmé's nicht zaten, maar bij een crimineel? Ik probeer uit alle macht een geweldig verhaal te verzinnen. Bijvoorbeeld dat we Joey helemaal niet kennen, maar dat hij ons een lift aanbood omdat mijn fiets een lekke band had.

Ik trek een zielig gezicht. De agent kijkt me doordringend aan. Ik schat hem een jaar of vijfenveertig. Het is er echt zo een die alle trucs en smoezen al kent. Voor ik het zelf doorheb, gooi ik het hele verhaal eruit. Dat we Joey kennen uit de buurt. Dat we weleens zelfgebrouwen drank van hem kochten. Dat ik hem wel stoer vond met die auto die hij van zijn ouders had gekregen. En dat ik dacht dat we Oud en Nieuw zouden vieren in de villa waarin hij woont. Zelfs vertel ik dat we ze op de Globetrotter hebben wijsgemaakt dat we bij Esmé's nicht Irene Oud en Nieuw zouden vieren.

Pas als ik klaar ben durf ik de agent weer aan te kijken. Hij schuift zijn stoel naar achteren en staat op. "Momentje," zegt hij. Met grote passen loopt hij de kamer uit. De deur valt dicht. Ik hoor alleen het tikken van de klok die aan de witte muur hangt. Het is bijna half twaalf. In de verte klinkt een doffe dreun van vuurwerk. Na een minuut of twee komt de man terug.

"Je hebt geluk," zegt hij. "Je bent eerlijker dan die vriendin van je."

Ik vraag me af wat Esmé heeft verteld.

"Of waren jullie echt bezig met een proefrit? Op oudejaarsavond!"

Ik moet een beetje lachen. Dat klinkt nog ongeloofwaardiger

dan die lekke band die ik in mijn hoofd had. Ik ben blij dat ik heb verteld hoe het echt is gegaan.

"Heeft Esmé problemen?" vraag ik voorzichtig.

"Niet als ze nu wel open kaart gaat spelen."

"En Joey?"

"Dat had hij al, alleen had hij het zelf niet door. We houden hem al langer in de gaten. En helaas voor hem heeft hij geen rijke ouders met een villa en een zwembad, zoals hij anderen graag doet geloven."

Ineens besef ik hoe naïef ik al die tijd ben geweest.

"Met hoeveel verschillende auto's heb je Joey trouwens gezien?" vraagt de agent.

"Een stuk of drie volgens mij, alleen leek dat eerste oude ding van hem niet eens op een auto." "Mooi, dan zijn we klaar, denk ik," zegt de agent. "Of heb je zelf nog iets op te biechten?"

Ik schud van niet, maar denk in mijn achterhoofd aan die Mars.

"Ik heb een keer een Mars gestolen," flap ik er ineens uit. Ik kijk naar de grond. Tot mijn verbazing schiet de agent in de lach.

"Als dat het ergste is… Je hebt geluk, meid. Je eerlijkheid heeft je gered. Ik zal je groep even bellen om te vragen of ze je op komen halen. Wie weet ben je dan nog net voor de jaarwisseling terug." Hij geeft me een hand en gaat me voor naar de wachtruimte.

In de wachtruimte staan een plant en een rij stoelen. Achter een balie zit een agent achter een computer. "Bel jij de Globetrotter even, en zeg dat ze twee tot vier gasten op komen halen," zegt 'mijn' agent tegen hem. De ander knikt. Vanuit zijn ooghoeken kijkt hij naar mij. Twee tot vier?

Terwijl hij het nummer van de Globetrotter intoetst, schuift hij het raam voor de balie dicht. Shit, nu kan ik niet horen wat hij tegen Dennis zegt.

Tien lange minuten later komt Esmé binnen. Met een bezorgde blik kijkt ze me aan. Normaal gesproken schieten we meteen in de lach als we rottigheid hebben uitgehaald, maar nu zien we er allebei de grap niet van in. Ze gaat naast me zitten. "Shit man," zegt ze. "Ik had echt even problemen. Ik had één of ander lulverhaal opgehangen over een proefrit enzo, maar ze geloofden me niet! Ze hielden Joey al langere tijd in de gaten, die auto van hem blijkt hij gestolen te hebben!" Alsof ik dat niet allang doorhad!

Raymond en Johan komen aangelopen. Het lijkt erop dat we er mooi vanaf komen en dat alleen Joey in de penarie zit. Maar goed, hij is dan ook degene met de gestolen auto's, wij wisten van niks. Raymonds gezicht staat op onweer. Ik snap niet zo goed waarom. Als hij gewoon heeft verteld wat hij wist, heeft hij alleen straks problemen op de Globetrotter, maar dat komt ook wel weer goed.

De agent achter de balie schuift het raam weer open. "Het ziet ernaar uit dat jullie Oud en Nieuw zonder oliebollen moeten vieren," zegt hij. Hij wijst naar de klok. Het is even voor twaalf. "Over een half uur worden jullie opgehaald." Hij schuift het raam weer dicht. Niemand zegt een woord. Zelfs Esmé niet. De agent tuurt naar zijn computer. Ik kijk naar de grond. De klok tikt. Verder is het doodstil. Over één minuut en vijftien seconden is het twaalf uur. Afwezig blijf ik naar de wijzers staren.

"Tien!" gillen Esmé en Johan ineens. "Negen! Acht! Zeven! Zes! Vijf! Vier!" Raymond kijkt niet op of om, zijn gezicht staat nog steeds op onweer. "Drie! Twee!" De agent kijkt een beetje geïrriteerd op van zijn computer. "Eén!" Johan lacht. Hij gaat er kennelijk vanuit dat Esmé hem als eerste gelukkig nieuwjaar zal wensen. Hij stapt op haar af, maar Esmé heeft andere plannen. Ze vliegt mij om mijn nek. Dat had ik niet verwacht. Het gaat een beetje langs me heen allemaal. Ik doe een poging haar op te vangen, maar in plaats daarvan kiep ik van mijn stoel. In mijn val neem ik haar mee. Normaal gesproken zou ik helemaal niet meer bijkomen van het lachen, maar op dit moment vind ik er niks aan. Ik sta op en wrijf over mijn zere knie. "Ja, jij ook," mompel ik. "En jullie natuurlijk ook." Ik kijk naar Johan en Raymond. Esmé is inmiddels ook opgestaan. "Hahaha! Nou, dát belooft wat voor het nieuwe jaar!" roept ze. "Héé, Johan, gelukkig nieuwjaar hè?!" Ze vliegt hem om zijn nek. Enthousiast geeft hij haar een knuffel. Zo blijven ze een tijdje staan. Raymond kijkt me aan. "Ja, jij ook," mompelt hij.

De agente komt binnen met een schaal vol oliebollen. "Hé, Vincent, maak er weer een mooi jaar van!" roept ze. De agent schuift het raam open. Hij neemt een oliebol. "Ja, dank je, Mieke." Hij brengt de oliebol naar zijn mond. "Jij ook!" Een wolk poedersuiker vliegt de lucht in. Mieke glimlacht. Ze doet een stap opzij. Anders had haar pak nu onder de poedersuiker gezeten, denk ik. Wij krijgen ook een oliebol aangeboden. Esmé en Johan pakken er gretig eentje. Ik heb echt geen trek en ook Raymond bedankt ervoor.

De minuten daarna duren lang, heel lang. Af en toe giechelen Esmé en Johan. Ik heb daar totaal geen zin in. Ik heb mijn buik vol van dat kinderachtige gedoe. Het is wel leuk soms, en een hoop lol maken moet kunnen op zijn tijd, maar iedere keer dat geouwehoer daarna… Dat ben ik zó zat! Ik ben dan ook blij als Dennis aan komt lopen. "Gelukkig nieuwjaar, mensen!" zegt hij. "Al weet ik niet of jullie jaar zo leuk gaat worden nu…" We lopen achter hem aan. Zwijgend stappen we de bus in. Zodra we op de Globetrotter aankomen, zeg ik: "Ik ga slapen." Ik ga de trap op, mijn kamer in en duik in bed. Ik had me Oud en Nieuw heel anders voorgesteld.

Hoofdstuk 25

1 januari. Het is even over half elf, zie ik op mijn wekkerradio. Het liefst zou ik de hele dag in bed blijven liggen, maar mijn verstand zegt dat ik op moet staan. En daar heb ik helemáál geen zin in! Wéér een preek van Elske. Of van Dennis, of van wie er dan ook werkt de komende dagen. Met mijn ogen dicht draai ik me om. Nergens aan denken, gewoon verder slapen, houd ik mezelf voor. Nergens aan denken, nergens aan denken! Maar hoe langer ik lig en hoe harder ik probeer nergens aan te denken, hoe meer ik denk. Ik denk aan alle uren die ik heb gespijbeld. Aan Joey en die auto's die hij blijkbaar heeft gestolen. Aan de heg van de buurman. Aan het politiebureau en aan mijn Oud en Nieuw die verpest is. Ik ben moe. Moe van alles. Ik voel mijn kussen en wil niks anders voelen dan mijn kussen. Ik droom een beetje weg...

Met een schok schiet ik overeind. Ik was in slaap gevallen. Ik droomde dat ik lekker aan het chillen was. Met Joey, met Esmé, met Raymond, met Johan... We waren inmiddels een jaar of twintig. We hingen tegen Joey's auto aan. Een beetje te kletsen, muziek te luisteren. Ik met een joint in mijn hand, Raymond met een biertje. God, wat zag die jongen eruit! Helemaal mager, wallen onder zijn ogen. Esmé had een rokje aan dat je eigenlijk niet eens een rokje kon noemen. De helft van haar reet kwam eronder vandaan. Joey hing om haar heen en zoende haar in haar nek. Hij trok haar shirt een beetje omlaag en haar halve tiet kwam eruit. Ze kon er alleen maar om lachen. Ze was best ver heen. Ik keek in de spiegel van de auto of mijn make-up nog goed zat. Gadver, wat zag ik eruit! Ik had een blauwe gloed onder mijn oog, die je de overtreffende trap van een wal zou kunnen noemen. Een walder, zeg maar. En in de spiegel zag ik achter me een winkel. Een kapperszaak, 'Kapsalon Brigitte'.

Dan schrik ik wakker. Daar had míjn naam moeten staan! Wat een kutdroom! Dit gaat me niet gebeuren! Ik spring mijn bed uit, pak alles wat ik nodig heb en loop in één ruk door naar de badkamer. Die is niet bezet, gelukkig. Volgens mij slaapt iedereen nog.

Na het douchen voel ik me een stuk beter. Niet dat mijn problemen zijn opgelost, maar ik voel me in ieder geval weer schoon en fris. Dat was wel nodig, na mijn bezoek aan dat smerige huis van Joey. En die droom heeft het er ook niet beter op gemaakt. Hoe heb ik zó stom kunnen zijn! Om al zijn verhalen te geloven! Zijn leven leek te mooi om waar te zijn. En dat was het dus ook.

Ik kam mijn haar, spuit er een hoop lak in, kleed me aan en doe mascara op. Tijdens het douchen heb ik iets besloten. Ik kan wel blijven wachten tot iemand me een schop onder mijn kont geeft, maar dat gebeurt niet. De enige die me een schop onder mijn kont kan geven ben ikzelf.

Het zal me niet gebeuren dat ik over vijf jaar nog steeds rondhang met zo'n *loser* als Joey! En ik kan nu wel proberen iedereen zoveel mogelijk te ontwijken, en onder straf uit te komen, maar daar word ik ook niet gelukkiger van. Ik ga het heel anders aanpakken. Nu niet halfbakken, maar gewoon echt!

Al jaren roep ik dat ik kapster wil worden. Dat lijkt me geweldig! Lekker rommelen in iemands haar, en ondertussen kletsen over de nieuwste nieuwtjes en de laatste roddels. En dan krijg ik dus mijn eigen kapperszaak. 'Kapsalon

Sannah'! Ja, dit jaar slaag ik, volgend jaar zit ik op de kappersschool! Geen twijfel mogelijk. Punt!

Ik kijk in de spiegel en geef mezelf een denkbeeldige schop onder mijn kont. Ik haal een keer diep adem en besluit naar Dennis te gaan. Als ik straf krijg, prima! Huisarrest, best! Een preek, kom maar op! Zolang ik er hier maar niet word uitgegooid.

Ik ga de trap af, de huiskamer door, rechtstreeks naar het kantoortje. De deur is dicht. Ik klop. Geen gehoor. Shit, iedereen slaapt nog. Daar gaat mijn goede voornemen. Ik laat me op de bank vallen en zet de tv aan. MTV, '16 and pregnant'. Hier word je ook niet vrolijk van. Een meisje dat zwanger is, door haar ouders het huis uitgegooid, uit pure wanhoop bij haar vriendje ingetrokken. Nou ja, vriendje... Die gozer moet niets meer van haar hebben nu ze zwanger is. Hij klaagt dat ze alleen maar loopt te zeuren over pijntjes en ochtendmisselijkheid. Zelf voert hij geen reet uit. Dan valt mijn ellende nog wel mee.

Dennis komt binnen. Hij trekt de gordijnen open. Dan ziet hij mij zitten. "Hee," zegt hij. "Jou had ik niet verwacht voor drie uur vanmiddag." Ik glimlach verontschuldigend. "Kopje thee?" Ik knik. Hij zet water op. Ik vraag me af wat ik zal zeggen. Ik weet het niet zo goed. Dennis kijkt me een poosje aan.

"En nu?" vraagt hij. Ik haal mijn schouders op. Hier had ik niet op gerekend. Ik had een preek verwacht over hoe stom ik ben geweest. Dat was makkelijker geweest ook. Wat moet ik zeggen?

Het water kookt. "Mangosmaak?" vraagt Dennis. Hij wacht het antwoord niet af. Met de theekan en twee glazen in zijn handen loopt hij naar de eettafel. Hij gaat zitten. Ik zet de tv uit en ga bij hem zitten. Ik zeg nog steeds niets. Dennis schenkt thee in. "Je loopt in ieder geval niet weg voor je problemen," zegt hij. "Dat vind ik klasse, meid!" Zo zitten we wel een kwartier, zwijgend. Af en toe blaas ik in mijn thee.

Op de één of andere manier vind ik de stilte wel prettig. Het voelt alsof ik mag zijn wie ik ben. Ik heb iets stoms gedaan, maar krijg geen preek. Ik krijg geen straf, hoef me niet te verantwoorden. Ik kan het gewoon even allemaal op me af laten komen. Met tranen in mijn ogen kijk ik Dennis aan. De telefoon gaat. Hij staat op en legt zijn hand op mijn onderarm. "Jij bent pienter, meid," zegt hij. "Af en toe doe je stomme dingen, maar je hebt een goed stel hersens. Gebruik ze dan ook! Dan zul je zien, *the sky is the limit!*" Hij geeft me een bemoedigend schouderklopje. Dan loopt hij naar het kantoor om de telefoon op te nemen.

De rest van de dag ben ik op mijn kamer. Esmé, Johan en Raymond hoor of zie ik niet. Die liggen waarschijnlijk nog in hun bed. Met muziek aan mest ik de boel uit. Lege boterhamzakjes gooi ik weg, kapotte cd-hoesjes gaan de prullenbak in, mijn raam zet ik ondanks de kou wijd open en ik verschoon mijn bed. Eronder vind ik een berg kleren waarvan ik niet meer wist dat ik ze had. Ik doe twee wassen en sop alle planken. De half uitgedroogde cactus geef ik water. Ik krijg er bijna lol in. Pas tegen vijven kom ik weer beneden. Zodra ik de huiskamer nader en ruik dat er wordt gekookt, besef ik dat ik de hele dag nog niets heb gegeten.

Prisca staat te koken. "Hé, gelukkig nieuwjaar, schat!" roept ze. "Wat heb ik nou gehoord, muts! Hoe naïef kun je zijn, zeg!" Op de één of andere manier kan ik het hebben van haar. Ik grinnik wat en geef haar een dikke knuffel. "Ja, jij ook de beste wensen enne… we kunnen natuurlijk niet allemaal zo verstandig zijn als jij!" Ze geeft me een por in mijn zij. Ze duwt een pan in mijn hand. "Hier, kun jij mooi even de slavinken bakken." Die eeuwige slavinken…

Esmé komt tevoorschijn. Ze vraagt aan Dennis of ze bij haar nicht mag eten. Dit keer écht. "Nee hoor," antwoordt hij. "Prisca is al bijna klaar met koken. En we hebben nog het één en ander met je te bespreken. Wacht jij eerst de vergadering van morgen maar af, dame."

Vlak voor het eten komen Johan en Raymond binnendruppelen. Ik zeg ze gedag, maar heb verder geen zin om te praten. Wel vang ik iets op als Raymond wat woorden wisselt met Dennis. Ik kan het niet helemaal volgen, maar ik krijg de indruk dat Raymond meer weet van die gestolen auto's. En dat hij zich later op het bureau moet melden.

Voor ik ga slapen zegt Dennis: "Morgen hebben we teamoverleg. Daarna gaan we even goede afspraken met je maken." Ik knik. Op de één of andere manier zie ik het wel zitten. Geen grappen of domweg chillen meer voor mij. Ik krijg mijn eigen kapperszaak!

Hoofdstuk 26

De teambespreking is van half tien tot half één. We moesten kiezen óf vóór, of ná de vergadering ontbijten. Nou, daar hoefde ik natuurlijk niet lang over na te denken. Ik ga uitslapen! Tegen tien uur ben ik echter klaarwakker. Ik neem een douche. Daarna ga ik Esmé's kamer in. "Hé! Dooie!" roep ik. Geen beweging. Ik spring op haar bed, bovenop haar benen, voel ik. Ze mompelt wat en komt overeind. Ze vertelt dat ze helemaal geen zin heeft in dat geouwehoer van de pedagogisch medewerkers. En dat ze van plan is te zeggen dat Joey alleen even meeging om sigaretten te halen voor haar tante.

"Nou," zeg ik, "ik weet niet wat jij van plan bent, maar ik heb geen zin meer in gelieg. De lol is er voor mij wel vanaf. Ik krijg er uiteindelijk alleen maar gezeur mee. En die Joey hoef ik voorlopig ook niet te zien. Straks worden we er hier uitgegooid en daar heb ik al helemáál geen zin in!"

Esmé staart naar buiten. Het is een grijze dag. Een vuurpijl schiet de lucht in. Hij spat uit elkaar en kleurt de lucht rood, blauw en vervolgens oranje.

"Wauw!" roept Esmé.

"Hallo!" Ik geef haar een por. "Je luistert niet eens!"

"Eeh, jawel hoor, je wilt straks naar Joey," zegt ze, nog steeds naar buiten starend.

"Nee man, die Joey kan wat mij betreft in de stront zakken. En hij hééft niets eens rijke ouders! Laat staan dat die auto's van hem zijn! Ik ben er helemaal klaar mee! En heb je zijn huis gezien! Nou ja, huis… Zijn zwervershol, kun je beter zeggen! Gadver man, heb je het geróken daar? En gezien?! Die onderbroek! Nee gadver, ik voelde me echt vies toen ik bedacht dat ik in zijn auto gezeten heb. Nou ja, zíjn auto… Je onapt me wel, gadver… Ik krijg al jeuk bij het idee alleen!" Esmé ligt in een deuk. "Haha, je hebt smetvrees!" roept ze. "Smetvrees?! En jij dan?! Jij vindt het normaal hoe hij leeft! Volgens mij ben je gewoon hartstikke kippig! Nee… Zie je wel! Ik wist het, je bent echt verliefd op hem!" Esmé wordt rood. "Ja, het kan niet anders, je bent verliefd! Nou, wie weet ga je nog wel met hem trouwen! Dan word jij mevrouw Remspoor! En dan mag jij al zijn vuile ondergoed uitboenen, haha!" Esmé geeft me een duw. Ik kiep bijna van haar bed. Dan kijkt ze heel serieus. "Misschien heb je wel gelijk." Ze trekt een vies gezicht. "Wat een smeerlap eigenlijk! Maar wat nu? Wat heb jij eigenlijk gezegd op het bureau?"

Er wordt op de deur geklopt. Het is Elske. De vergadering is afgelopen. Of ik naar beneden kom.

In de huiskamer lopen alle pedagogisch medewerkers rond. De één wast koffiekopjes af, de ander stopt een map in haar tas. Carolien staat op van haar stoel. Ze komt op me af en geeft me een hand. "Een goed nieuwjaar gewenst, meid!" zegt ze. "Ja, jullie ook," antwoord ik. "Een jaar zónder domme dingen, maar mét een diploma graag!" voegt Marco eraan toe. Hij grinnikt en geeft me een knipoog. Ik grijns. "Mag ik doorlopen?" Zonder het antwoord af te wachten, loop ik door naar het kantoor.

Elske zit er al. Carolien komt achter me aan.

"Zo, Sannah," begint Carolien. "Goed dat je er bent."

Ik bereid me voor op een hoop verwijten. Op een preek of straf, ofzo. Maar dat gebeurt niet. "Ongeveer een maand geleden hebben we ook al zo gezeten met zijn drieën," gaat ze verder. "Toen bleek dat je vaak spijbelde en je je toetsen op zijn zachtst gezegd had verprutst. En hier nam je de regels ook niet zo nauw. Je kunt het allemaal prima op school. Want áls je je toetsen goed leert, haal je prima cijfers. En áls je hier aanwezig bent, doe je het ook prima. Alleen de dingen eromheen, de regels, de afspraken, dat soort dingen. Daar heb je nogal moeite mee. We hebben het idee dat je behoefte hebt aan meer vrijheid."

Zo, denk ik, dat klinkt goed!

"Wat denk je daarvan?" Carolien kijkt me vragend aan.

"Nou, graag!" antwoord ik enthousiast. "Dat klinkt goed!"

"Maar bij vrijheid horen verantwoordelijkheden. Daar hebben we het wel vaker over gehad. En op zich ben jij niet zo onverantwoordelijk. Je bent best verstandig, alleen gedráág je je niet altijd zo."

Ik had kunnen weten dat er een addertje onder het gras zat!

"Ik bedoel," vervolgt Carolien, "je werkt jezelf wel in de nesten. Maar later ben je er op zich wel eerlijk over. En je staat ervoor open je problemen op te lossen. Zo vind ik het super dat je later nog naar buurman dinges, hoe heet hij ook alweer, geweest bent om je excuses aan te bieden voor die heg. En je hebt je schuld netjes afbetaald, althans, bijna. Dus in dit geval heb je vast ook wel nagedacht over hoe het nu verder moet. Ik bedoel, je hebt ons nogal belazerd met je verhaal dat jullie naar die nicht van Esmé gingen. Nu vind ik het wel een beetje naïef van je om te denken dat we daar niet achter zouden komen. Maar goed, dat is een heel ander verhaal. Je hebt in een gestolen auto gereden, enzovoort, enzovoort. Dus... Wat denk je zelf? Hoe nu verder?"

Carolien kijkt serieus, maar niet boos. Ik haal mijn schouders op.

"Voortaan eerlijk zijn?"

"Ja, dat sowieso."

"Zorgen dat ik mijn diploma haal…"

"Dat ook."

"Verder…" Ik kijk vragend, ik zou het ook niet weten. Ik haal mijn schouders op.

Het is een tijdje stil. Het lijkt wel uren. "Nou," zegt Carolien dan, "laat ik dan maar vertellen wat we in de vergadering besproken hebben. Sowieso lijkt het me handig dat je schoon schip maakt. Dus gewoon alles opbiechten wat je hebt uitgehaald. Niet alleen de dingen waarop we je hebben betrapt, maar alles. En dan bedoelen we niet een keer tijd rekken bij het naar bed gaan, maar echt dingen waarbij je ons hebt belazerd. Of die echt strafbaar zijn. Zoals snoep jatten bij de supermarkt."

Mijn mond valt open. Hoe kunnen ze dát nou weten?! Ik kijk naar Elske. Triomfantelijk kijkt ze me aan. Ze zegt niets, maar blijft kijken. Ik denk na. Nu moet ik natuurlijk wel met iets echts komen.

"Ik weet niet," zeg ik voorzichtig. "Ik ben niet zo goed in liegen, dus jullie hebben alles wel door, denk ik. Die heg, die auto's van Joey, maar dat wist ik echt niet, hoor! Tot die agent dat zei. En van dat wegrijden zonder te betalen, daar kon ik niets aan doen!"

Ik aarzel.

"Dat van die supermarkt was trouwens maar één keer," ga ik verder, "en ook niet expres eigenlijk. Ik wilde ervandoor gaan, omdat Marina eraan kwam. En toen vergat ik dat ik nog iets in mijn hand had."

Carolien schudt haar hoofd. "Heb je die Mars nog?" vraagt ze. "Nee, lijkt me. Ben je ermee teruggegaan naar de supermarkt toen je erachter kwam dat je hem nog in je hand had? Nee. Dus ben je net zo goed fout geweest."

Ik kijk naar de grond en knik.

"Tijdens het 'uurtje-voor-jezelf' zaten we vaak bij Raymond..." Ik hoop dat dit genoeg is.

Maar Carolien is onverbiddelijk. "En verder?"

"Verder zijn we er 's nachts weleens vandoor gegaan om stiekem te gaan chillen."

"Weleens?!"

"Nou ja, vaak."

"En wat weet jij van gestolen auto's?"

Ik schud mijn hoofd. "Niks. Tot Oud en Nieuw. Toen moesten we ineens die auto in en reed Joey weg zonder te betalen. Daar wist ik echt niets van hoor! Dat kun je zelf ook wel zien op de camerabeelden!" Ik verhef mijn stem niet omdat ik boos ben, maar omdat ik baal dat ik mezelf zo in de nesten heb gewerkt.

"Waarom word je nu boos?" vraagt Elske.

"Ik word niet boos! Ik baal gewoon! Jullie hebben ook gelijk, ik heb er een zootje van gemaakt! Zo ben ik helemaal niet, ik had altijd mooie plannen. En ik weet dat ik het kan! Maar het lukt gewoon niet. Het enige dat ik wil is mijn diploma halen en volgend jaar naar de kappersschool. Maar dat zit er nu ook niet meer in, denk ik. Ik heb het gewoon verpest overal!" Mijn stem slaat over. Ik vind het zo dubbel allemaal. Soms heb ik schijt aan de hele wereld en wil ik gewoon lol maken. Lekker chillen, je leeft tenslotte maar één keer. Aan de andere kant baal ik weer als ik dingen heb verpest. Dan zie ik mijn hele toekomstplan in stukken vallen.

"Je hebt het ook niet makkelijk, meid," zegt Elske. "Maar de enige die iets van jouw leven kan maken, ben je toch echt zelf. Jij en niemand anders. Als je het verpest, verpest je het voor jezelf. En dat zou zonde zijn."

Ik knik weer. "Ik weet het," zeg ik. "Ik heb het verpest, maar ik weet ook al hoe ik dat op ga lossen. Wat voor straf jullie ook geven, ik maak er geen probleem van. Ik begrijp dat ik het heb verknald. Al geven jullie me drie maanden huisarrest, ik vind het prima. Dan ga ik gewoon drie maanden keihard leren en mijn onvoldoendes ophalen. Ik heb echt geen zin om nog langer op die school te moeten zitten." Ik meen het.

"Kijk," Elske glimlacht, "zo ken ik je weer. Alleen... we gaan je geen straf geven. We hebben een ander plan. Je weet dat er een kamer vrijkomt, toch? Kamer zes, van fase twee? Die met dat eigen keukentje? Hassan gaat over twee weken op zichzelf wonen, dat weet je, toch?!"

Ik knik.

"We waren er nog niet over uit wie aan de volgende fase toe zou zijn. Maar we denken dat jij dat wordt. Je bent al een poosje zestien en je kunt nog anderhalf jaar oefenen voor je op jezelf gaat. Normaal gesproken bouw je in kamer zes het zelfstandig worden op. Eerst kook je twee avonden per week voor jezelf, dan drie, dan vier, enzovoort. Maar bij jou willen we het anders doen. Nu je toch al aangeeft niet meer rond te willen hangen, stellen we voor dat je meteen vijf dagen in de week gaat koken."

Mijn hoofd tolt. Dit had ik niet verwacht. Maar misschien is het zo'n gek idee nog niet.

"Elske," vervolgt Carolien, "gaat een schema met je maken, met op welke dagen je voor jezelf moet koken, welke dag jouw wasdag wordt, enzovoort. Uiteraard kun je ons altijd om hulp vragen, dat snap je wel. Wat denk je ervan?"

Ik ben stil, moet er even over nadenken. Het zal niet makkelijk worden. En examen, én zelf koken, én zelf wassen, én... Maar aan de andere kant, dit klinkt beter dan drie maanden huisarrest. En ik zie het wel zitten om voor mezelf te koken. Dan ben ik eindelijk van die smerige aangebrande aardappelsmurrie van Kelvin af.

"Waar denk je aan?" vraagt Elske.

Ik glimlach. "Ik had een preek verwacht. Of straf."

"O, dat kan ook," zegt Carolien. "Toch?" Ze kijkt Elske aan.

Elske haalt haar schouders op. "Als je dat liever hebt."

"Ik zie het wel zitten eigenlijk," zeg ik. "Maar hoe gaat dat dan? Ik bedoel, ik heb helemaal niets, geen peper of zout of wat dan ook. Als ik dat allemaal moet kopen, dan houd ik niets meer over voor aardappels of vlees."

"Dat gaat Elske straks allemaal met je bespreken," zegt Carolien. "We hebben een hele map met informatie over fase twee en drie. Waarschijnlijk heb je die wel gezien toen je je kennismakingsmap kreeg. Maar ik ga afronden. Ik heb nog een gesprek met je partners in crime. Gaat het lukken zo?"

Ik knik.

"Mooi. Maak er wat van en stel jezelf niet teleur. Zet hem op!"

Carolien geeft me een hand, pakt haar tas en loopt het kantoor uit. Er gaat van alles door me heen. Er is zoveel op me afgekomen daarnet. Een andere kamer? Fase twee? Kan ik dat wel? En hoe moet ik leren voor mijn examen als ik ook zelf moet koken? De stress schiet ineens door mijn lijf.

"Gaat het?" vraagt Elske.

"Ja, hoor," zeg ik aarzelend.

"Zie je het wel zitten?"

"Jawel."

"Mooi. Dan wil ik vanavond graag je stappenplan met je doornemen. Op welke dagen je gaat koken, hoeveel leefgeld je krijgt, wat daar allemaal onder valt... Goed?"

Ik knik en sta op. Nadat ik een boterham naar binnen heb gewerkt, kijk ik op de computer hoe mijn schoolplanning voor de komende tijd cruitziet. Over twee maanden heb ik weer toetsweek, de laatste. Dan moet ik vier boeken voor Nederlands hebben gelezen en twee voor Duits. En samenvattingen hebben gemaakt. En voor Engels ook nog twee, zie ik. Gemiddeld iedere week een boek, bah!

Omdat ik toch niets beters heb te doen, sjok ik naar de boekenkast. 'Jan Rap en z'n maat' pluk ik eruit, van Yvonne Keuls. Elske heeft ooit verteld dat ze door dat boek dit werk is gaan doen. Ik ben benieuwd.

Hoofdstuk 27

Het boek gaat over een opvanghuis waar Yvonne Keuls heeft gewerkt. Ze maken er van alles mee. De één is verslaafd, de ander is niet goed bij zijn hoofd. En weer een ander heeft agressieve neigingen. Best herkenbaar, al zijn wij hier een stuk normaler. Bijna 250 bladzijden zijn het, maar het leest makkelijk. En het is nog best leuk ook. Het doet me goed te lezen dat ik niet de enige ben die in een leefgroep woont. Ik hoorde trouwens laatst dat er op dit moment ongeveer 45.000 kinderen uit huis geplaatst zijn. Dus ik ben zeker niet de enige. Ik lees en ik lees. Pas als er op mijn deur wordt geklopt schrik ik op. Ik kijk op de klok. Half zes alweer! Etenstijd. Shit, ik hoef nog maar achttien bladzijden en heb helemaal geen zin om te stoppen.

Beneden zit iedereen al aan tafel. Niemand zegt iets. Ik ga zitten en schep op. Johan hangt voorover gebogen over zijn bord. Met zijn linker elleboog leunt hij op zijn been, terwijl hij met zijn rechter hand als een varken zijn eten naar binnen werkt.

"Johan," waarschuwt Marina.

Johan kijkt op. Ze kijken elkaar aan. Johan tilt zijn arm op en laat hem met een dreun op tafel vallen. Het ziet er niet veel beter uit. Ze kijken elkaar weer aan. Marina haalt haar schouders op en eet verder. Raymond prikt afwezig in zijn eten. Hij heeft duidelijk geen trek. Normaal gesproken schept hij wel drie keer op. Marina doet alsof er niets aan de hand is. Maar iedereen weet dat niet alleen ik, maar ook Johan, Raymond en Esmé een gesprek hebben gehad. Wat daar is besproken weet ik niet. Het maakt me op dit moment ook niet uit eigenlijk. Ik denk alleen maar aan dat boek.

Na het eten ga ik meteen terug naar boven. Een half uur later is het boek uit. Het loopt niet helemaal goed af en daar baal ik van! Ik besef dat ik het hier zo slecht nog niet heb. En mijn 'levensverhaal' gaat goed aflopen, daar ben ik van overtuigd. Waarom? Gewoon, omdat ik dat zo besloten heb. Ik zet vast op papier wat ik in mijn boekverslag ga zetten. Dan wordt er op mijn deur geklopt. Elske. Of ik naar beneden kom om plannen te maken voor kamertraining. In het kantoortje legt Elske me een schema voor. Daarin staat hoe de fases worden ingedeeld. Hoe lang ik vijf dagen in de week zal koken, wanneer ik leefgeld krijg en hoeveel, en op welke avonden ik 'op bezoek' kan komen in de huiskamer. En vanaf wanneer ik niet iedere week, maar om de week mijn leefgeld krijg. Ik kies ervoor op dinsdag en donderdag met de groep mee te eten. Donderdag kookt Prisca en op dinsdag zit ik tot laat op school. Ik heb extra geluk. De begeleiding kookt dan, dus van die smurrie van Kelvin ben ik voortaan af. Op 20 januari is het zover. Dan is Hassan verhuisd en komt zijn kamer vrij.

Als we klaar zijn kruip ik achter de computer om aan mijn boekverslag te beginnen. Op het internet vind ik al snel een samenvatting. Maar dan bedenk ik me. Ik besef dat ik al onder een vergrootglas lig na al mijn gespijbel enzo. Dus als ik betrapt word, kan ik mijn diploma wel vergeten dit jaar. Ik typ mijn eigen verslag en dat lukt aardig. Dan krijg ik een berichtje op mijn telefoon. Esmé: 'Hee studyhooft, ga mee chillen dan. Je weet tog, je leeft maar één keer. Schijt aan huisarrest!' Ik glimlach. 'Huisarrest op je bolle ogen,' schrijf ik terug. En ik ga verder met mijn verslag.

Nog voor ik naar mijn kamer moet, is het af. Ik loop naar het kantoor en zeg tegen Elske dat ik ga slapen. Even aarzel ik. Maar dan lever ik mijn telefoon in. En dit keer mijn echte. Dat ik al die tijd een nieuwe telefoon had en mijn oude zonder simkaart inleverde, zeg ik maar niet. Ze hoeven niet alles te weten.

Als ik in bed lig, voel ik me voor het eerst sinds tijden echt happy. Morgen kan ik gewoon opstaan, zonder het idee te hebben elk moment ergens op betrapt te kunnen worden. Ook wel een goed gevoel.

De volgende dag haal ik in de bieb een nieuw boek. Ik sla weer aan het lezen. Eerlijk gezegd vind ik er niks aan, maar het staat als verplicht op de boekenlijst. Ik worstel me er doorheen. Op dag twee is het uit. Ik ga naar de huiskamer. Achter de computer begin ik met het maken van een uittreksel. Als ik ergens niet uitkom, zoek ik het op op internet. Al snel zit ik op sites met uittreksels. Het is erg verleidelijk er eentje uit te kiezen. Of een paar, om daar met knippen en plakken een 'eigen' exemplaar van te maken. Ik aarzel, maar houd me in. Ik stel me voor dat ik mijn verslag terugkrijg met een dikke vette '1, wegens plagiaat' erop. Daar heb ik geen zin in. Ik klik de sites weg en begin aan mijn eigen verslag.

In het kantoor klinken stemmen. Ik herken in ieder geval die van Esmé en Marco. Ik probeer me er niet door af te laten leiden, maar dat Esmé niet blij is lijkt me duidelijk. Ze gaat flink tekeer. Er valt iets om. De deur vliegt open. Ze komt stampvoetend naar buiten en smijt de deur met een klap achter zich dicht.

Zodra ze me ziet, begint ze: "Als die klootzakken nu echt denken dat ik gesloten ga, dan hebben ze echt een probleem! *No way!* Ik zie mezelf al tussen die randdebielen zitten! Moet ik zeker nog toestemming vragen om naar de

wc te gaan ook! Echt niet, ze kunnen de schijt krijgen!"
Ergens moet ik lachen. Typisch Esmé om zo uit haar dak te
gaan. Toch schrik ik ook, want dit had ik niet verwacht. Moet
ze naar een gesloten leefgroep? Op een terrein waar je niet
vanaf mag, met een school erop?
"Wat?!" roep ik.
"Ja, nou, ze hebben me nog niet aangemeld ofzo. Maar ze
hadden het er wel over! Ik heb gezegd dat ze in de stront
kunnen zakken en ben weggelopen." Er komt nog net geen
stoom uit haar oren.
We kijken elkaar aan. Ze heeft een blik van: 'Ze-kunnen-ieder-
moment-binnen-komen-om-me-plat-te-spuiten-en-me-in-
een-inrichting-neer-te-zetten'.
Ik schiet in de lach.
"O, joh, muts," zeg ik. "Ze hebben je nog niet eens aangemeld!
Wat hebben ze dan precies gezegd?"
"Nou, gewoon, over hoe het ging de laatste tijd. Over Joey.
Over er 's nachts vandoor gaan. En over school, enzo. En
toen zei mijn voogd dat hij zich afvraagt of ik nog wel op
mijn plek zit hier. Dat ik alle ruimte neem die ik voel. En dat
hij bang is dat ik mezelf te veel in de problemen breng. En
dat ik al aardig op weg ben om crimineel te worden." Ze kijkt
alsof ze wil dat ik medelijden met haar heb.
Ik haal mijn schouders op. "Ach," zeg ik, "hij heeft nog gelijk
ook. Toch?!"
"Hoezo?!" roept ze. "Hoezo, hij heeft nog gelijk ook?" Woest
kijkt ze me aan.
"Nou, precies wat ik zeg. Dat hebben we toch gedaan allemaal? Jíj was het toch die ik tegenkwam in die supermarkt?
Jíj was het toch die langs gestruikeld kwam toen ik een mentorgesprek had? Je kunt jezelf nu wel zielig gaan vinden, maar

eigenlijk ben ík degene die zielig is. Kijk dit stomme verslag. Denk je dat ik dat voor mijn lol doe?" Een ogenblik kijkt ze me boos aan. Dan moet ze lachen.
"En nu?!" vraagt ze. Ze ploft op de bank.
Marco komt de huiskamer in. "Zo, Esmé," zegt hij. "Wat denk je? Kun je weer normaal praten?" Esmé zucht. "Ja, ja, ik kom al." Ze sjokt achter Marco aan het kantoor weer in.

Ik buig me weer over mijn boekverslag. Ik rond het af en print het. Precies op dat moment komt Esmé het kantoor weer uit. Ze kijkt wat vrolijker dan drie kwartier geleden.
"En, wanneer ga je gesloten?" vraag ik voor de grap.
Ze laat zich op de bank vallen. "Nou," zegt ze, "misschien had ik wel beter gesloten gekund. Hier wordt het nu ook net een gevangenis voor me." Ik kijk haar vragend aan.
"Kijk dit dan!" roept ze boos. Ze duwt een vel papier bijna in mijn gezicht. Ik pak het aan en lees wat erop staat.

Contract
Naar aanleiding van recente gebeurtenissen en om te voorkomen dat Esmé het verkeerde pad opgaat, is onderstaand contract opgesteld.
Hierbij verklaren ondergetekenden het eens te zijn met de volgende afspraken:
Afspraken voor januari t/m juni:
Esmé heeft per week 4 buitenavonden. Hierop mag ze naar buiten van 20.00u tot 22.00u. In het weekend tot 22.30u.
De overige avonden blijft Esmé op de Globetrotter.
Als Esmé haar telefoon 's avonds inlevert, geeft ze haar simkaart er los bij.
Als Esmé buiten het pand is, neemt ze haar telefoon mee en zorgt ze dat zij bereikbaar is.

Mentor houdt iedere week telefonisch of schriftelijk contact met de mentor van school.

Tijdens het uurtje-voor-jezelf zit Esmé in de huiskamer om huiswerk te maken.

Er vindt wekelijks telefonisch overleg plaats tussen de mentor van de Globetrotter en plaatser/voogd van Bureau Jeugdzorg.

Uiteraard blijven de overige huisregels van de Globetrotter gewoon van kracht.

Bij verbreken van bovenstaande afspraken of de huisregels, zal zo spoedig mogelijk overleg tussen mentor en voogd plaatsvinden.

Esmé beseft dat dit haar laatste kans is en dat ze bij het verbreken van het contract de vertrouwensband kapot maakt en daarmee haar plek op de Globetrotter op het spel zet.

Datum:

Plaats:

Handtekening voogd: ....

Handtekening mentor: ....

Handtekening Esmé: ....

Ik kijk Esmé aan. Ze ligt languit op de bank. Ze zucht. "Zo," zeg ik, "nog niet gesloten, dus. Nou, je weet wat je te doen staat."

Ze reageert niet. Ik haal mijn schouders op. Ze heeft het er zelf naar gemaakt. Ik geef haar het papier terug en loop naar mijn kamer. Daar zet ik muziek op en maak ik een plan voor hoe ik het de komende maanden ga aanpakken. In mijn agenda zie ik dat mijn moeder volgende week jarig is. Ik weet niet zo goed wat ik daar mee aan moet.

Toen ik jarig was, heeft ze pas weken later iets van zich laten horen. Ze had allerlei excuses. En die hadden vooral te maken met problemen die ze zelf had veroorzaakt. Volgens mij staan er nog steeds regelmatig deurwaarders bij haar op de stoep. Daar kan ik me zó kwaad om maken. Dat je van je eigen leven een puinhoop maakt, moet je zelf weten. Maar je enige dochter niets laten horen als ze zestien wordt? Ja, weken later kreeg ik een nieuwe telefoon opgestuurd met een kaartje erbij. 'Nog gefeliciteerd! Kus, mama,' stond erop. Toen ik zag van wie het pakketje kwam, had ik het het liefst het raam uit gegooid. Maar ik was toch nieuwsgierig. En ik ben blij dat ik dat niet gedaan heb. Een nieuwe telefoon kwam me goed uit, kon ik die mooi bij me houden en mijn oude 's avonds inleveren. Ideetje van Esmé. Ineens vraag ik me af waarom dat stukje 'inclusief simkaart' in dat contract van Esmé staat. Mij hebben ze niet aangesproken. Zouden ze er toevallig vannacht achter zijn gekomen?

Toch mis ik mijn moeder af en toe vreselijk. En aan de andere kant baal ik er gewoon ontzettend van hoe ze doet. Allemaal mooie dingen beloven. Maar als het erop aankomt, is ze nergens te bekennen. Ik vraag me af of ze op mijn diploma-uitreiking komt. Het zou me niets verbazen als ze straalbezopen die zaal binnenkomt. "Sannah!! Sannaaaahtje! Ssschat-zzie, mijn lieve schat-zzzie van me! Wat ben ik trots op je!" En ondertussen niet op haar benen kunnen staan. Nee, die afgang ga ik mezelf besparen. Van mij hoeft ze niet te komen.

Ik plof op mijn bed en staar naar het plafond. Daar zie ik de lichtgevende sterren die ik van Jonathan voor mijn verjaardag heb gekregen. Jonathan… De schat. Zijn pleegouders sturen me af en toe een kaartje. Daar heeft Jonathan dan iets op getekend. Meestal twee poppetjes. En een hartje ertussen. Ik mis hem.

Ik zoek het nummer op in mijn telefoon en bel. "Met Irene," hoor ik al snel. "Met Sannah."

"Hee, meid, hoe is het? Gelukkig nieuwjaar nog, hè?! Heb je een leuke jaarwisseling gehad?"

Ik vertel over mijn verpeste Oud en Nieuw en over mijn plannen voor de komende maanden. Even ben ik bang dat ze het allemaal onzinpraatjes vindt, omdat ze denkt dat ik dat toch niet vol zal houden. Maar ze stelt me gerust.

"Met jou komt het wel goed hoor. Je bent pienter genoeg om je fouten recht te zetten. En je diploma, dat haal je op je sloffen, geloof mij maar! Zeg, belde je zomaar, of had je een speciale reden?"

"Nou, ik wilde Jonathan graag even spreken... Ik mis hem..." Ik voel een brok in mijn keel.

"Ja, tuurlijk meissie. Ik zal hem zo roepen. Enne... je moeder is hier op bezoek. Het is de eerste woensdag van de maand. Maarre, ik zal Jonathan even roepen."

Terwijl ik Irene tegen Jonathan hoor praten, denk ik aan mijn moeder. Ik denk aan die keer dat we naar een pretpark gingen. En we ons vol stopten met suikerspinnen en oliebollen tegelijk. Mijn moeder, mijn broertje en ik tegen de rest. Zo voelde dat. Ik voelde me het gelukkigste kind op aarde.

"Sannah!" Ik word uit mijn gedachten teruggeroepen door de stem van Jonathan.

"Hee, schatje, hoe gaat het?"

"Goed, ik was aan het kleien met mama. Mama heeft een hééééle grote slang gemaakt!"

"Zo, dat is leuk. En wat heb jij gemaakt?"

"Ook een slang. Wil je mama even?" Nog voor ik antwoord kan geven, hoor ik: "Mama, hier is Sannah."

"Hee, lieverd! Hoe gaat het meid? Tjonge, wat ben ik blij om je stem te horen!"

"Haha, ik had nog niet eens iets gezegd!" Ik kan ook niet lang boos op mijn moeder blijven. Wel zolang ik haar niet hoor, maar nu ben ik gewoon blij haar te spreken.

"Ja, dat snap ik lieverd. Ach, wat heb ik je gemist, zeg. En ik ga niet beloven dat ik alles goed ga maken en van de week langskom, want volgens mij heb ik je al veel te veel beloofd. Bovendien moet ik mijn eigen leven even op een rijtje krijgen, anders heb jij ook niets aan me. Als je maar weet dat ik aan je denk! Maar vertel eens schat, hoe gaat het met je?"

Ik vertel over mijn Oud en Nieuw, over de stap naar kamertraining en over mijn voornemen te gaan slagen.

"Kind," zucht ze met een brok in haar keel, "wat ben ík trots op je! Weet je, je kan wel lang leve de lol doen, maar daar bereik je uiteindelijk niet zoveel mee, hoor. Neem dat maar van je oude moedertje aan! Want ik heb alles van de wereld gezien, en alles gedaan wat God verboden heeft. Maar waar ben ik uiteindelijk terechtgekomen? In de goot! Ik was bijna mijn huis uitgezet. En, erger nog, ik ben mijn kids kwijt. Echt, geloof me, meissie, je kan best lol hebben op zijn tijd. Dat is helemaal niet erg, dat móet juist. Zolang je maar de juiste beslissingen neemt."

Jeetje, ze lijkt echt veranderd. Ze heeft wel vaker gezegd dat ze bepaalde fouten niet meer zal maken, maar dit lijkt ze te menen.

"Ben je morgen thuis?" vraag ik voor ik er erg in heb.

"Ach, dan heb ik toevallig een gesprek met mijn begeleider. We gaan kijken of ik ergens vrijwilligerswerk kan doen. Om weer in een soort van dagritme te komen, zeg maar. Kan je vrijdag?"

"Ja, kan ook, hoe laat?" "Doe maar een uur of elf, dan zet ik lekker een koppie thee voor je en dan haal ik lekkere broodjes voor de lunch. Ik wil eigenlijk die dag de keuken soppen. Je wilt niet weten hoe smerig die is. Van de week wilde ik gaan koken, maar alle pannen waren beschimmeld. Was ik vergeten af te wassen voor ik werd opgenomen! En ik vond ook nog kleren van Edwin. Had hij gewoon in een keukenkastje gepropt."

"Nou, mam," zeg ik, "ik wil je best komen helpen, maar die spullen van Edwin mag jij opruimen. Ik wil niks meer met die vent te maken hebben! Gadver, ik krijg al rillingen als ik aan hem denk!"

"Ja, is goed meissie. Ik ben allang blij dat je me wilt helpen... Wacht even... Wat is er Jonathannetje van me? Ja, tuurlijk schat, ik kom eraan."

"Mam, ik zie je vrijdag, elf uur, goed. Tot dan."

"Tot dan, schat!"

Voor ik haar wegdruk hoor ik haar nog zeggen: "Ach, wat een mooie bal heb jij gemaakt, zeg! Wat zeg je? O, ja, natuurlijk... Wat een mooie schildpad, bedoel ik!"

Ik ben blij dat ik heb gebeld. Met een steen in mijn maag minder ga ik weer aan mijn huiswerk. En in mijn agenda zet ik bij vrijdag: 'Keuken mama uitmesten ☺.'

Hoofdstuk 28

In de bus op weg naar mijn moeder staar ik voor me uit, over de weilanden heen. De lucht is grauw. Ik ben allang blij dat het niet vriest, maar een lekker zonnetje zou van mij wel mogen. Ik hoop niet dat mijn moeder weer een duur cadeau voor me heeft gekocht, zoals die telefoon. Lief hoor, dat wel, maar daar heeft ze helemaal geen geld voor.

Net op tijd ontdek ik dat we in mijn oude buurt zijn. Er heeft al iemand op het knopje gedrukt. Ik stap uit en kijk automatisch om me heen. Dan besef ik dat ik niet bang hoef te zijn om een pedagogisch medewerker tegen te komen. Dat ben ik gewend geraakt. Maar ik bén helemaal niet aan het spijbelen. Het is kerstvakantie. En bovendien, ze weten dat ik naar mijn moeder ga. Terwijl ik de straat inloop, vraag ik me af hoe het huis eruit zal zien. De vorige keer was het een beetje smerig. Toen lukte het me niet het in die paar uurtjes die ik had schoon te krijgen.

In de verte staat de buurvrouw, mevrouw Bemoeial, met dat irritante hondje van haar. Gadver. Gelukkig heb ik mijn oordopjes bij me. Zo kan ik net doen of ik muziek luister. Als ik dichterbij kom, zie ik ook nog dat mens van de overkant staan. Zo'n deftige dame, mevrouw Kak noemde ik haar altijd. Tuurlijk, die staan weer te roddelen. Gewoon vriendelijk glimlachen en doorlopen, neem ik mezelf voor.

Zo gezegd, zo gedaan. Ik loop langs en knik vriendelijk naar ze. Ze knikken terug. Dat hebben we ook weer gehad. "Ach, dat kind," hoor ik mevrouw Bemoeial zeggen. "Nu zit ze in een kindertehuis, heb ik gehoord. Zo'n weeshuis, net als in de film 'Annie'. Dat vind ik altijd zó zielig."

Wát?! Waar bemoeit ze zich mee?! En hoezo 'zielig'! Ze is zelf zielig! Voor ik goed en wel besef wat ik doe, stop ik. Ik trek de dopjes uit mijn oren en draai me om. "Zielig?!" schreeuw ik. "Weet je wanneer je zielig bent?! Als je oud en verzuurd bent. Als je geen vrienden of familie om je heen hebt en je je daarom maar gaat bemoeien met anderen! Dán ben je zielig!"

Mevrouw Bemoeial slaakt een kreet van schrik. Haar mond valt open en ze laat de hondenriem los. Haar hondje maakt daar dankbaar gebruik van, want het gaat er meteen vandoor. Achter een kat aan die het kennelijk op het oog had.

Zo. Dat lucht op. Tot mijn verbazing glimlacht mevrouw Kak. Ze geeft me zelfs een knipoog. Tegen mevrouw Bemoeial zegt ze: "Snel, ga achter je hond aan, voor hij de grote weg op gaat."

Lachend loop ik de tuin van mijn moeder in. De deur gaat open, mijn moeder rent naar buiten en vliegt me om mijn nek. Ik krijg bijna geen lucht, maar het kan me niet schelen. Ik geniet van haar vertrouwde geur, een combinatie van sigaret en haar favoriete luchtje. Ze steekt haar hand op naar mevrouw Kak, die inmiddels in haar tuintje rommelt. "Mijn kanjer is er weer!" roept ze. Aan haar stem hoor ik dat ze trots is. "Geniet van elkaar!" roept mevrouw Kak terug. Dan trekt mijn moeder me mee naar binnen.

We steken meteen de handen uit de mouwen. De allesreiniger die ik maanden geleden heb gekocht staat er nog. Hij is nog net zo vol als toen ik hem de laatste keer gebruikte.

Uren zijn mijn moeder en ik bezig. De huiskamer ziet er eigenlijk al wel gezellig uit. "Die heb ik maandag al een beetje opgeruimd," zegt mijn moeder trots. "Samen met de overbuurvrouw, je weet wel, die noemde jij vroeger altijd mevrouw Kak."

We ploffen op de bank. "Weet je, die mevrouw Kak is écht een geinig mens."

Lachend vertel ik het verhaal over mevrouw Kak en mevrouw Bemoeial.

"Maar hoe komt het eigenlijk," vraag ik, "dat jullie ineens zo goed met elkaar kunnen opschieten?

"Nou, meid, je gelooft het niet! Jarenlang zei ze wel gedag, maar verder niets. En ineens sprak ze me aan op straat. Ze vertelde dat ze allerlei verhalen had gehoord, over politie, over mishandeling enzo. Ze reageerde daar nooit zo op, maar op een gegeven moment was ze het zat. Ze vond het niet eerlijk dat ze al die verhalen aanhoorde, terwijl ze niet eens wist wat er echt aan de hand was. Zeker toen er werd gezegd dat mijn dochter in een internaat voor moeilijk opvoedbare kinderen zat. Dat kon ze zich gewoon niet voorstellen. En toen heeft ze zich voorgenomen eens aan mij te vragen hoe dingen zitten. En een leuk mens dat ze is! We hebben afgesproken regelmatig bij elkaar op de koffie te gaan. De ene keer bij haar, de andere keer bij mij. Van de week is ze dus hier geweest."

Ik geef mijn moeder een dikke knuffel.

"Ach, meid, ik vergeet helemaal te vragen of je wat wilt drinken." Ze loopt naar de keuken en komt terug met een groot glas cola. "O ja," zegt ze, "volgende maand is de verlenging van de OTS. Dan moet ik naar de kinderrechter om mijn mening te geven. Weet je, Jonathan zit best goed daar bij Irene. Het liefst zou ik jullie allebei weer thuis hebben, maar voorlopig is het beter zo. Ik moet nog zoveel aan mezelf werken. Het gaat echt goed met me, ik ben al drie maanden clean. Maar ik ben gewoon bang dat ik terugval. Ik moet eerst mijn leven weer op de rit zien te krijgen, dat zegt Erik ook. Eerst werd ik daar een beetje boos om. Ik heb hem nog een paar keer verrot gescholden ook. Maar hij is best relaxed, weet je dat?" Ik kruip wat dichter tegen haar aan. Ik vertel dat ik ook een brief van de kinderrechter heb gekregen. En dat ik nog niet weet of ik ga, omdat ik me afvraag of het zin heeft. En dat ik niet weet wat ik moet gaan zeggen. Dat ik eigenlijk ook liever op de Globetrotter blijf, wil ik mijn moeder niet vertellen. Hoe kan ik haar nu zeggen dat ik niet bij haar wil wonen? En dat ik ook vind dat ze eerst haar eigen zaakjes op orde moet krijgen?

"Waar denk je aan?" vraagt ze. "Je moet daar gewoon zeggen wat je vindt, hoor! Ik zie zelf ook wel dat het goed voor je is om op de Globetrotter te wonen. Ik loop soms wel te klagen over ze, maar ik zie wel dat het goed met je gaat. Ze zijn soms streng voor je, maar dat heb je af en toe wel nodig." Ze geeft me een knipoog. "O ja, we krijgen straks bezoek. Een verrassing, ik weet zeker dat je het leuk vindt!"

"Jonathan?"

"Nee, niet Jonathan. Daar heb ik een strakke bezoekregeling mee. Ik zie hem veel te weinig. Maar één keer per maand. Maar ja… Jij kunt Irene gewoon bellen, hoor! Ik ook, wel, maar als ik daar aan begin, hang ik iedere avond aan de telefoon! Ik bel hem iedere woensdag. Nee, zometeen komt… Nou ja, je zult het zelf wel zien. En nee, het is geen nieuw vriendje van me."

"Een oud vriendje?" grap ik.

"Nou ja, zoiets. Noem het maar een goede vriend."

Ik weet niet wat ik ervan moet denken. Mijn moeder komt wel vaker met 'verrassingen', maar dat zijn niet altijd léuke

verrassingen, heb ik gemerkt. "Nee, niet Lobbes," vervolgt ze. "Ach, gut, die man. Ik heb hem zo vaak Lobbes genoemd, dat ik niet eens meer weet hoe hij in het echt heet!"
Nu word ik toch wel erg nieuwsgierig. Het zal toch niet...
"Marius?!" Ze geeft geen antwoord. Ze kijkt me aan. Ze wordt een beetje rood en kijkt de andere kant op. De bel gaat. Ik ren naar de deur. En ja hoor!
"Marius!"
"Sannah!"
Hij heeft een hoed op zijn hoofd. Dat staat best goed.
"Sjiek hé!" roept hij. "Uit de kringloop!"
Het liefst zou ik hem om zijn nek vliegen. Maar dat vind ik zo raar. Ik kijk naar de grond.
"Hoi," zeg ik.
"Hé, meis! Wat ben jij groot geworden, zeg!"
Hij slaat een arm om me heen en samen lopen we de huiskamer binnen.
"Zo, leuke verrassing, hè?!" roept mijn moeder.

Marius was mijn moeder een keer tegengekomen in het winkelcentrum, vertelt hij. En hoewel hij bang was dat mijn ma weer uit haar dak zou gaan, sprak hij haar aan. Ze ging helemaal niet uit haar dak. En toen zijn ze wat gaan drinken. Inmiddels gaan ze als goede vrienden met elkaar om. "Héle goede vrienden," vult mijn moeder aan. Ze kijken elkaar aan, net iets langer dan gebruikelijk. Marius geeft haar een knipoog. Wat ze bedoelen wil ik niet weten. Maar zolang ze elkaar niet de tent uitvechten, vind ik alles best.

De hele middag zijn we in het huis bezig. We komen de gekste dingen tegen. Beschimmelde kaas bijvoorbeeld, die drie maanden over de datum is. "O ja," vertelt mijn moeder, "toen wilde ik een zesgangenmenu maken voor André, maar voor we aan de soep begonnen kregen we al ruzie." In een keukenkastje vinden we een lege verpakking van Viagra. "Van Edwin," zegt ze. "Je weet wel, die engnek." Achter de koelkast ligt een dode muis. "O." Er gaat haar een lichtje branden. "Nu snap ik waarom het steeds zo stonk daar." En uit de prullenbak komt een bruinige, plakkerige smurrie lopen. "Tja, toen had ik geen vuilniszakken en heb ik alles maar los in de vuilnisbak gegooid." Drie uur en een volle huisvuilcontainer verder begint het ergens op te lijken. Moe ploffen we met zijn drieën op de bank.

Marius haalt iets uit zijn jaszak. "Kijk eens," zegt hij, "zo blijft het hier schoon en fris." Het is een luchtverfrisser voor in het stopcontact. "Ach, je bent ook een lieverd!" roept mijn moeder. Ze zoent hem vol op zijn mond. Marius wordt er een beetje rood van, zeker als hij ziet dat ik het zie. Ik glimlach.

Het wordt tijd voor me om te gaan. Ik sta op en haal mijn jas. Mijn moeder drukt me iets in mijn hand. Gelukkig geen telefoon dit keer, maar een kruidenmolentje, met peper, zout, paprika- en kerriepoeder. "Zul je nodig hebben de komende tijd! Het liefst zou ik je zestig euro geven, maar dat heb ik nu helaas even niet." Ze glimlacht. Ik geef haar een dikke knuffel. Op de klok zie ik dat het al tegen vieren is. Over twee minuten komt de bus.

Marius ziet me kijken. "Ik breng je wel even," zegt hij.

In de auto praten we alsof we elkaar gisteren nog hebben gezien. "Het komt wel goed met je moeder, hoor," stelt hij me gerust. "Ze wordt steeds realistischer, heb ik het idee. Het schiet niet meer zo van de ene naar de andere kant bij haar. Andere keren als ze naar die afkickkliniek was geweest, was ze bijna lyrisch. Dan riep ze de eerste dag al: 'Ik ga het helemaal anders doen! Ik ga iedere dag sporten, ik ga werk zoeken, ik ga zorgen dat mijn kinderen weer thuiskomen en ik ga ze iedere dag helpen met hun huiswerk.' Dat was niet vol te houden, maar dat kon je haar op zo'n moment niet uitleggen. Daar wilde ze niks van weten."

Ik knik. Heel herkenbaar allemaal. Ik voel een brok in mijn keel. Als ze zoiets tegen me zei voelde ik me juist alleen. Omdat ik wist dat ze dingen riep die ze toch niet kon waarmaken. Marius kijkt me aan. Hij slaat me zachtjes op mijn been. "Hey, meis," zegt hij, "maak je niet druk. Ik let wel een beetje op haar. Zorg jij maar dat dat kamertrainen gaat lukken. En dat je slaagt! Dan mag je later ook mijn haar knippen. Zolang ik maar korting krijg, natuurlijk." Hij geeft me een dikke knipoog en wrijft over zijn kale kop. Ik ben echt blij hem weer te zien. "Geintje," zegt hij. "Maar ik wil wel op je diploma-uitreiking komen, ik heb wel zin in een feestje!"

Hoofdstuk 29

Gisteren is Hassan vertrokken. Een afscheidsfeestje heeft hij niet gegeven. Maar we zagen hem toch bijna nooit, hij zat altijd op zijn kamer. 'Dat is nou kamertraining, leren op jezelf te wonen,' zegt Elske altijd. Ik ben benieuwd of dat bij mij ook zo zal gaan. Overdag alleen zijn vind ik prima, maar in mijn eentje eten, daar lijkt me niks aan. Ik denk dat ik gewoon steeds vrienden zal uitnodigen om te komen eten. Maar eerst mijn examens halen. Daarna ga ik feesten!

Met drie vuilniszakken vol kleren in mijn handen sta ik voor de deur van mijn nieuwe kamer. Met mijn voet duw ik hem open. Wat ik in mijn handen heb laat ik vallen. Het ziet er niet uit! Aan de muur hangen halfblote vrouwen. Posters, dan. De tegels van het keukentje zijn smerig en door de ramen kun je niet eens naar buiten kijken. De deur van de kledingkast hangt half los. En dan die lucht! Muf, ranzig, beschimmeld.

Ik had me mijn nieuwe kamer wel anders voorgesteld. Boos ren ik het kantoor in. "Waarom moet ik mijn kamer netjes achterlaten, terwijl Hassan me in een zwijnenstal zet?!" schreeuw ik. Dennis kijkt op. Hij kijkt zo verbaasd, dat ik bijna moet lachen. Maar ik doe het niet. Ik ben kwaad. "Rustig maar," zegt hij. "Ik kijk wel even." Hij loopt met me mee. In de deuropening blijft hij staan.

"Tja, dit was niet wat ik in gedachten had toen Hassan zei dat zijn kamer leeg en schoon was. Ik bel hem wel even. Dan moet hij vanavond maar terugkomen om het alsnog schoon achter te laten."

"Nou, weet je," zeg ik geïrriteerd, "laat maar. Ik doe het zelf wel. Dan weet ik tenminste dat het écht schoon is."

De hele middag ben ik aan het poetsen. Eigenlijk heb ik er nog wel lol in ook. Zeker omdat Esmé op een gegeven moment komt helpen. Met keihard muziek aan dansen en springen we in het rond. Het sop vliegt overal, maar dat maakt niet uit. Het wordt tenminste schoon. Tot slot stofzuig ik de boel. Dan kijken we tevreden om ons heen. Ik ben helemaal happy. Mijn keukentje is schoon, de ramen zijn gezeemd en de vloer heeft weer de kleur die hij had. Alleen nog even inrichten en dan is 'Plaza Sannah' een feit.

"Moet je je oude kamer eigenlijk niet schoonmaken?" vraagt Esmé voorzichtig.

"Hmmm. Nou, dat doe ik morgen wel," antwoord ik. "Er komt toch nog geen nieuwe deze week."

Boven heeft Dennis goed nieuws voor me. "Sannah, wat mij betreft hoef je je eigen kamer niet meer schoon te maken. Als je al je spullen eruit haalt, vraag ik wel of de schoonmaakster morgen de rest doet."

"Yes! Je valt af en toe best mee, Dennis," zeg ik met een grote grijns.

"Jij ook," reageert hij lachend. "En ik heb nog wat voor je. Vanaf vandaag ben je officieel kamertrainster."

Onder het bureau haalt hij een groot pakket vandaan. Het is een blauw afwasteiltje vol spullen, ingepakt in doorzichtige folie, met eromheen een rood lint met een grote strik. Ik maak het open. Een pak rijst zit erin, en suikerzakjes, een afwasborstel, een klein flesje afwasmiddel, een blik tomatensoep, een pakje pitabroodjes en een theedoek. Ik zie ook nog een pak saus. En een potje 'Swiet Mofo roti-kruiden'. Een starterspakket. Wat lief!

Dennis vertelt dat hij het volgende heeft uitgerekend: ik krijg 36 euro 55 per week. Voor iedere dag 5,89. Min de twee dagen waarop ik met de groep mee-eet, twee keer 2,34, is afgerond 36,55. Maar daar zit dan alles bij: ontbijt, avondeten, middageten, koekjes, drinken, enzovoort.

Gelukkig heb ik thuis geleerd zuinig aan te doen, dus dat moet lukken. Voor ik ga slapen, pak ik mijn starterspakket uit en geef ik alles een mooi plekje.

De volgende ochtend word ik voor het eerst wakker in mijn nieuwe kamer. Het is best fijn hier. En lekker ruim. Trots kijk ik naar mijn keukentje. Hier ga ik straks lekker een eitje bakken. Alhoewel, ik ben vergeten boodschappen te doen, ik heb helemaal niks in huis. Behalve dat pakket dan.

Dan maar naar de winkel. Het is heel verleidelijk alleen maar chips, croissantjes en chocola te kopen. Ik haal drie zakken chips, een zak met vijf croissantjes en verder brood, rijst, broccoli, diepvriesspinazie, een doos met drie pizza's en melk. O ja, broodbeleg bijna vergeten.

Bij de kassa bedenk ik dat ik helemaal geen tas ofzo bij me heb. Ik trek een plastic tasje van het haakje, maar dat gaat natuurlijk nooit passen. Ik zie al helemaal voor me dat het halverwege scheurt. Het pak melk spat natuurlijk uit elkaar en ook de zakken chips scheuren open. Dat gaat me dus niet gebeuren. Ik neem gewoon zo'n grotere tas. Terwijl ik afreken, zie ik een poster met 'vakkenvullers gezocht'. Dat komt mooi uit. Solliciteren kan via internet.

De rest van de dag maak ik mijn kamer een beetje gezellig. Ik vind het wel wat, dat kamertrainen. Alleen mis ik nog een tv. Ik heb er eentje gezien bij de kringloop, voor dertig euro. Zo eentje uit het jaar nul, dat wel. Maar dat maakt niet uit, zolang hij het maar doet.

Pannen heb ik ook nodig. En een oventje, en eigenlijk ook een eettafel en stoelen. Alhoewel, als ik een tv heb ga ik gewoon lekker op mijn bed zitten eten, voor de buis. Marius belt. Of ik toevallig een tv nodig heb. Hij is op zijn werk en een collega vertelde over een nieuwe die hij had gekocht. Zijn oude stond in zijn auto om naar het grofvuil te brengen. Natuurlijk kan ik een tv gebruiken! Hij komt hem vanavond nog brengen, zegt hij. Marius, mijn held!

Dan komt Esmé aan mijn deur. Of ik mee naar buiten ga. Daar heb ik wel zin in, het is veel te lang geleden dat ik ben gaan chillen. Tien minuten later zitten we op ons favoriete plekje in het park. We kletsen wat en al snel komt Joey aanlopen. Esmé rent op hem af. "Waar zat je al die tijd, man?!" roept ze. Ze is duidelijk blij hem te zien. Ik niet. Ik heb het helemaal gehad met die idioot.

"Ha Joey," zeg ik. "Ik bedenk me ineens dat ik thuis nog wat moet doen. Doeg! Ik zie je nog wel, Esmé."

"Ja, later!" roept ze. Ze hangt zo ongeveer om Joey's nek. Ik zie meteen die onderbroek voor me, met dat remspoor. Waar ze zin in heeft.

Onderweg naar huis schiet ineens dat bijbaantje door mijn hoofd. Ik loop meteen door naar de huiskamer. Raymond en Johan hangen op de bank. "Hee Sannah!" roept Raymond. "Ga je mee naar buiten? En weet je waar Esmé is?"

"Bij haar vriendje," antwoord ik. Ik zet de computer aan en zoek het sollicitatieformulier van de supermarkt. Ik vul het in en net als ik op 'verzenden' heb gedrukt, gaat de deurbel. Marina doet open en komt de huiskamer inlopen met Marius. Met mijn tv. Yes!

Hoofdstuk 30

Vandaag beginnen de eindexamens! Ik ben óp van de zenuwen. De kans dat ik slaag is *fifty-fifty*, maar het móet gewoon! De afgelopen maanden heb ik keihard gewerkt. Voor bijna alle toetsen had ik voldoendes, dus mijn cijfers heb ik redelijk kunnen ophalen. Toch sta ik voor Engels nog een vijf, en voor wiskunde nog steeds maar een vier komma zeven. Of ik het zal halen hangt helemaal af van deze week.

Uitgerekend vandaag heb ik wiskunde. Een ellendig begin, maar dan heb ik dat maar meteen gehad. Ruim drie kwartier van tevoren ben ik op school. Stel je voor dat ik de aansluiting zou missen, dan ben ik meteen een half uur later. Ik moet er niet aan denken bij mijn examen te laat te komen door zo'n stomme bus. Helaas heeft Samira geen wiskunde in haar pakket. Ik zie haar pas morgen, dan heeft ze heeft haar eerste examen, Engels.

De examens worden uitgedeeld. Als iedereen er een heeft en we het formulier openen, draait mijn maag zich om. De eerste vraag weet ik al niet! Dat kan ik echt niet hebben nu! Rustig blijven, zeg ik in mezelf. Je hebt tot nu toe alles gehaald, dus dit moet ook lukken. Het móet! Ik neem een slok water. Ik moet niet te veel drinken, anders moet ik straks nog naar de wc. Mijn naam vul ik vast in. Kan ik dat in ieder geval niet vergeten. Dan neem ik een boterham. Van de stress kreeg ik vanochtend niets naar binnen, nu ga ik er juist van eten.

Om me heen zit iedereen driftig te schrijven. Ik haal diep adem en kijk nog een keer naar de eerste vraag. Hij gaat over autobanden in een bepaalde winkel. Een autoband kost 100 euro. Ze zijn nu afgeprijsd, tweede band voor de helft van de prijs. De vraag is wat een set autobanden nu kost. Het antwoord moet 150 euro zijn, lijkt mij. Maar dat antwoord staat er niet eens bij! Wat kunnen mij die stomme autobanden trouwens schelen. Ik heb niet eens een rijbewijs! Vraag twee gaat over driehoeken en graden. Eitje. Zelfs zonder rekenmachine weet ik het antwoord. Ik besluit gewoon verder te gaan en eventueel later op de eerste vraag terug te komen. Voor ik het weet ben ik klaar met de laatste som. Ik heb nog een klein kwartier over. Inmiddels voel ik me een stuk relaxter. Ik kijk nog even naar vraag één. O, haha, nu zie ik het! Een 'set' is natuurlijk niet twee, maar vier bij autobanden! 2 x 150 euro dus. Gelukkig, antwoord c is 300. Ik kruis het aan en lever mijn formulier in.

Ik zou wel bij mijn moeder langs willen gaan, maar ben veel te nieuwsgierig naar hoe ik mijn examen heb gemaakt. Haar internet ligt eruit, dus ga ik toch maar naar huis. Daar kijk ik naar het Examenjournaal. En zodra de antwoorden op internet staan, check ik ze. Het lijkt erop dat ik het zo slecht nog niet heb gedaan. Waarschijnlijk heb ik tussen een 6 en een 7. Niet lager dan 6,3, please! Dan kom ik uit op een 5,4 of lager en dat wil ik niet! Geef me alsjeblieft een 6,3 of hoger, smeek ik. Mmm, wie smeek ik eigenlijk? Ik vraag het me af. Ik moet er zelf om lachen.

Voor Engels kan ik niks leren. En mijn eerste examen daarna is pas vrijdag. De rest van de dag hang ik voor de tv. Ik schakel van *MTV* naar *Nickelodeon* en weer terug. In koken heb ik geen zin. Ik kijk wat ik nog in huis heb. Een blik tomatensoep. Ik maak het open en ontdek dat ik gisteren niet heb afgewassen. Ineens moet ik aan Hassan denken. Hij at altijd koude tomatensoep. De mafkees. Eigenlijk ben ik wel nieuwsgierig hoe dat smaakt. Ik pak een lepel en neem een hap. Het is best lekker. De reclame is afgelopen en '*16 and pregnant'* begint weer. Met blik en al plof ik op mijn bed. Het is leeg voor het programma is afgelopen. Met een boog gooi ik het in de vuilnisbak. Dat was meteen de afwas. Die paar spetters op de tegels in het keukenblok neem ik voor lief. Ik ga weer op mijn bed liggen.

Ik schrik wakker als er op de deur wordt geklopt. Ik begrijp er niks van. De tv staat aan en met mijn kleren aan lig ik op bed. Zeven uur twaalf is het. Bijna kwart over zeven?! Mijn examen! Ik ben gisteravond in slaap gevallen! "Sannah, ben je wakker?" vraagt Elske. Ik spring mijn bed uit. "Eeeh, jaha!" roep ik. Over zestien minuten gaat mijn bus. Ik spring onder de douche. Mijn haar druipt nog als ik de kleren van gisteren weer aan trek. Nee, ik moet boven nog een nieuw busabonnement halen! Ik ren de trap op. Bovenaan de trap staat Johan.

"Sorry," zeg ik. Ik duw hem aan de kant. Elske komt me al tegemoet. Ze heeft een plastic tasje beet, dat ze in mijn hand duwt.

"Alsjeblieft,"zegt ze, "je busabo. En nog wat. Succes meid!"

Ik heb geen idee wat er in het tasje zit, maar heb geen tijd om te kijken. Zolang mijn abo er maar in zit, vind ik alles best. "Bedankt, dag!" roep ik. Halverwege de trap zie ik de bus voorbij rijden. "Shit, die mag ik écht niet missen!" Ik ren naar buiten. De bus stopt. Gelukkig, er staat al iemand bij de halte. Ik ren zo hard ik kan. De man stapt in. De deur gaat dicht. Ik ren nog harder en zwaai met mijn armen. Nee! Hij rijdt weg! Ik heb haast geen adem meer. Maar ik kan wel janken! Met de fiets gaat niet, dat is te ver. En de volgende bus komt pas over een half uur. Nu kan ik het wel vergeten! Tranen rollen over mijn gezicht.

"Lift nodig?" Verbaasd kijk ik op. Elske? Met een grote grijns staat ze voor me. Ze zwaait met haar autosleutel.

"Kom, we halen hem wel in."

Nu kan ik wel huilen van geluk.

"Ik zag hem voor je neus wegrijden. En dat kunnen we er niet bij hebben, hè, meid?! Kom, eet even wat."

Eet wat?

Ze wijst naar het tasje. Ik kijk er in. Brood? Twee pakjes sap? En een stroopwafel? Yes!

"Ik dacht dat je wel wat hulp kon gebruiken," legt Elske uit.

Normaal gesproken houd ik niet van brood met kaas. Maar deze boterham is misschien wel de lekkerste die ik ooit gegeten heb!

Na drie haltes hebben we de bus ingehaald. Voor de zekerheid rijdt Elske er nog een verder. Ik stap uit. De bus komt de hoek om. Ik hol naar de halte. Maar ik bedenk me. Ik ren terug, trek het portier open en roep: "O ja, nog bedankt!"

"Het is wel goed, hoor, ga maar snel! En succes!"

"Dankjewel!" roep ik. Ik ren weer naar de bus. Als we rijden, zie ik Elske nog net mijn deur dichttrekken.

Hoofdstuk 31

Als ik gezakt ben, word ik tussen elf en twaalf gebeld. Om tien voor elf zit ik bij de telefoon. De anderen zijn op school, en Marina zit in het kantoor. Ik heb het niet meer. Van de zenuwen ga ik nog een keer naar de wc. Het is de vijfde keer vanochtend, dus nu kunnen ze me wel een zeikwijf noemen, denk ik. De telefoon in het kantoortje gaat! Mijn hart slaat over! Hij gaat een paar keer, en dan is het stil. Plassen lukt niet. Ik kijk op mijn telefoon. Elf uur precies. Voetstappen komen dichterbij. Dat kan alleen Marina zijn. Ze klopt op de wc-deur.

"Sannah?"

Het zal toch niet waar zijn!

"Even afknijpen joh."

Mijn hart bonkt in mijn keel. Ik kan geen woord uitbrengen.

"Telefoon voor je."

Ik hijs mijn broek op en gooi de deur open. Marina kijkt blij. Ze geeft me de telefoon. Ik slik.

"Met Sannah?" zeg ik nog voor ik het ding goed en wel bij mijn oor heb.

"Ha Sannah, niet schrikken, met de heer Duindam spreek je. Zeg, volgens mij zit je in de zenuwen, dus ik zal je niet langer in spanning houden. Je bent geslaagd meid!"

"Geslaagd?" roep ik. De tranen springen in mijn ogen. "Weet u het zeker?"

"Ja, meid. Geslaagd! Ik wilde je niet nog een uur laten wachten. Je had geen punt minder moeten halen, maar je bent toch echt geslaagd! Ga maar snel de vlag uithangen. Ik moet nog een aantal mensen bellen. Met wat minder goed nieuws, helaas. Maar jij kunt een feestje gaan bouwen! Ik zie je met de diploma-uitreiking. Dag Sannah."

Ik kijk Marina aan. Er rolt een traan over mijn gezicht.

"Gefeliciteerd meid! Je hebt het verdiend." Ze geeft me een dikke knuffel. "Zeker weten!" Het klinkt alsof ze zelf ook een brok in haar keel heeft. Ik kijk haar aan. Ze heeft inderdaad rode ogen.

"Ik ben zó blij voor je! Kijk, je laat me zelfs huilen." Gauw veegt ze een traan weg. "Kom, we gaan de vlag uithangen. Waar is je tas?" Ik ren mijn kamer in, gooi mijn tas leeg en ren weer naar boven. "We moeten buiten even kijken of hij goed hangt." Vanaf buiten bekijken we de boel. Het is een geweldig gezicht. Een vlag, en een tas. Míjn tas! Dan gaat weer de telefoon. Marina kijkt me verschrikt aan. Het zal toch niet! Ze rent naar binnen en neemt de telefoon op. Even later verschijnt haar hoofd uit het raam. Ze lacht. Oef.

"Je moeder. Hoe laat je de uitslag krijgt!" Ze grijnst van oor tot oor. Ik ren naar boven. Marina geeft me de telefoon. "Ik ben geslaagd, mam!" roep ik. "Ik ben gewoon geslaagd! Ik heb het gehaald!" Weer krijg ik een brok in mijn keel.

"Ach, kind…" Het is stil.

"Mam?"

"Ja, ik ben zo trots." Ze huilt. Ook al. Ik weet niet wat ik moet zeggen.

"Geslaagd! Mijn dochter is geslaagd! Wacht even, mevrouw Bemoeial komt voorbij. Momentje."

Ik hoor de voordeur opengaan. "Hee, buuf!" roept ze. "Ze is geslaagd! Mijn dochter is geslaagd! Hhhiehhoe!"

Dan knalt ze de deur weer dicht.

"Haha, dat mens wil toch alles weten. Nou, dan zal ze het weten ook! Iedereen mag het weten, mijn dochter is geslaagd!" Ik lach. "Mam, ik ga ophangen, ik ga gebak halen. Ik zie je de 24ste op de diploma-uitreiking, goed? En neem Marius mee hè, dat heeft hij beloofd."

Eerst bel ik Samira. Zij wist al bijna zeker dat ze zou slagen, maar het is wel leuk dat ik haar even bel, natuurlijk. En natuurlijk wil ik vertellen dat ikzelf ben geslaagd! De telefoon gaat over. "Met Samira...?" klinkt het vragend. "Samir, ik ben geslaagd! En jij? Jij toch ook zeker, kan niet anders!" Heel even is het stil. "Hee, joh, gek!" roept ze dan in mijn oor. "Ik schrik me rot! Ik dacht dat je Duindam was! Ik krijg bijna een hartverzakking van je! Waarom bel je precies nu?" O ja, het is tien voor twaalf, zie ik nu. "O, sorry, jij zit nog in de stress natuurlijk! Nou, ik hang op, ik spreek je straks wel, doei!" "Eeeh, ja, doei," stamelt Samira.

Marina en ik halen de tompoezen. Daarna zet ik het grote nieuws op Facebook. De felicitaties stromen binnen. Op mijn kamer, met de radio aan, bak ik tosti's. Ik kan eindelijk weer eten. De tosti's zitten in de pan en ik sta lekker mee te dansen op de muziek. Ik weet niet wie het is en ik ken heel de tekst niet, maar dat maakt niet uit. Dan zwaait mijn deur open. Ik schrik me rot. Maar tijd om bij te komen, heb ik niet. Esmé vliegt me om mijn nek. "Zie je wel, ik wíst wel dat je ging slagen! Goed zeg, stuudje!" grapt ze.

Om drie uur komt Elske. Normaal gesproken gaat ze meteen overdragen, maar nu gaan de tompoezen natuurlijk voor! Net als ik de eerste hap in mijn mond wil steken, gaat de bel. Tot mijn verrassing staat Samira voor de deur. Met een grote bos bloemen! "Ach, wat lief!" roep ik. "Maar eeh, ik heb niks voor jou! Behalve deze!" Ik geef haar een dikke knuffel. "Wacht, kom binnen, we zijn net tompoezen aan het eten!" Ze wijst naar de overkant van de straat. Daar zit haar vader in de auto. Ze wenkt hem. Hij stapt uit en komt naar ons toe. Hij geeft me een hand. "Gefeliciteerd, meisje," zegt hij met z'n grappige Marokkaanse accent. "Goed gedaan, je moeder zal trots zijn." Ik knik. Eeeh, moet ik hem nu ook een tompoes aanbieden? Ik weet niet eens hoeveel we er hebben. Nou ja, maakt niet uit, we zien wel. "Komt u even binnen?" vraag ik. "We gaan net gebak eten om te vieren dat we geslaagd... Eeeh..." Ik weet niet eens zeker of Samira geslaagd is. Ik kijk haar vragend aan. "Ja, duhhhh, natuurlijk! Anders had ik hier niet zo vrolijk gestaan, hoor!" Ze geeft me een duw.

Samira en haar vader kijken elkaar aan. Ze wisselen wat woorden in het Arabisch. Ik versta er niks van. "Gezellig," zegt haar vader dan, "we komen eraan. Even iets regelen." Hij haalt zijn telefoon tevoorschijn en belt met iemand. Ook dat gesprek kan ik niet volgen. Samira en ik lopen vast naar boven. Vanuit de huiskamer zie ik haar vader iets uit zijn auto halen. Als hij even later binnenkomt, ruik ik het meteen. Met een grote grijns kijkt hij me aan. "Brewats!" roep ik. Mijn favoriete Marokkaanse koekjes! "Eigenlijk was dat voor ons eigen feestje bedoeld vanavond, maar Samira's tante maakt wel weer nieuwe, ze vindt het een eer dat je er zo gek op bent," vertelt hij trots.

Aan het eind van de middag ben ik misselijk. Ik heb er veel te veel op.

's Avonds kijken we mijn favoriete dansfilm. Esmé, Johan en Raymond zijn speciaal voor mij op de groep gebleven.

"Jullie komen wel op mijn diploma-uitreiking, toch?" vraag ik aan mijn groepsgenoten. "Tuurlijk!" roept Esmé.

"Ook al ga ik niet meer chillen?" "Tuurlijk," zegt ze weer. Ze propt nog een hand chips in haar mond.

"En nu stil, want dit stukje van de film wil ik echt niet missen," zegt ze met haar mond vol. Ik gooi mijn benen over haar schoot en zo hangen we de hele avond op de bank.

De weken tot mijn diploma-uitreiking geniet ik van mijn vrije tijd. En sinds kort heb ik een bijbaantje, vakkenvullen bij de buurtsuper — ik heb ze maar nooit verteld over die Mars… Van mijn eerste salaris koop ik mijn favoriete luchtje. Veel te duur eigenlijk, maar dat maakt niet uit. Als toekomstig kapster moet je natuurlijk lekker ruiken, ha! In het weekend ga ik lekker chillen bij het meertje hier vlakbij. Tenminste, op dagen dat Joey niet meegaat, want ik ben helemaal klaar met hem. Esmé, Johan, Raymond en ik hebben wel weer leuk contact. We zijn niet meer zo close als eerst, maar dat kan ook niet. Eerst trokken we dag en nacht met elkaar op. Nu ben ik toch een beetje de studiebol in hun ogen. Bovendien maken zij veel grappen die ik niet begrijp. Ze liggen dan in een deuk, terwijl ik ze alleen maar een beetje dom aan kan kijken. "Ja, sorry, je had er bij moeten zijn," zeggen ze dan. Ach…

Hoofdstuk 32

De hele dag is Esmé op mijn kamer. We zijn uren bezig met optutten, kleren uitkiezen. Passen. Bekijken. Weer uitdoen. Andere kleren kiezen. "Dames, we moeten nu echt gaan," roept Elske om tien over zes. "Anders mis je je eigen diploma-uitreiking nog, Sannah!" "Ja, haha, en dan moet je het hele jaar over doen!" grapt Esmé.

We passen makkelijk in de bus: Esmé, Johan, Raymond, Prisca, Elske en ik. Kelvin moest werken. Omdat er genoeg plek is, heeft Elske aangeboden mijn moeder op te halen. Marius weet nog niet of hij kan komen. Hij heeft avonddienst en het lukte maar niet om te ruilen. Ondanks dat ben ik dolgelukkig. Dit is míjn dag!

We rijden mijn oude straat in. Mevrouw Bemoeial staat natuurlijk voor het raam. Esmé ziet het ook. "Jongens, even zwaaien naar de búúf!" roept ze. Mevrouw Bemoeial laat de luxaflex zakken. Maar door de haast gaat het niet goed en komen ze scheef te hangen. We liggen allemaal in een deuk. Elske stopt voor ons huis. Ze toetert. Ik spring eruit, hol de tuin in en tik op het raam. Geen reactie. Ik klop nog eens, wat harder. Ik bonk op het raam.

"Mááám! We moeten gaan!" roep ik. Ze zal het toch niet vergeten zijn!

"Ja, ja, rustig aan," hoor ik ineens achter me. Ik draai me om. Daar staat mijn moeder. Met mevrouw Kak.

"Gefeliciteerd lieve schat, álsjeblieft!" Ik krijg een dikke bos bloemen in mijn handen gedrukt.

"Ach, dat had u niet hoeven doen mevrouw K… Mevrouw!" herstel ik snel. Ik word er rood van. Zo goed en zo kwaad als het gaat verschuil ik me achter het boeket. Elske toetert. "Kom op, dames!" roept ze uit het raam van de bus. De parkeerplaatsen voor de school zijn al bezet. Pas in de derde zijstraat is een plekje. We passen er maar met moeite in met onze bus. Ik krijg behoorlijk de stress. Vanavond moet ik echt niet te laat komen. Nog voor we helemaal stilstaan, gooi ik de deur van de bus open. Ik spring eruit. "Schiet nou op!" roep ik. Johan treuzelt, zoals gewoonlijk. Ik trek hem aan zijn arm naar buiten. "Kom!" Als we de hoek om zijn zie ik nog meer mensen aan komen lopen. Gelukkig, we zijn op tijd.

Binnen is het dringen geblazen. We worden naar de gymzaal geloodst. Daar zoekt iedereen een plaatsje. De geslaagden moeten op de eerste rij. Al gauw zit de zaal bomvol. Duindam komt het podium op. Hij tikt op de microfoon. 'Pokpok.' Er klinkt een oorverdovende piep. Het wordt meteen stil. Duindam schraapt zijn keel. "Beste mensen," zegt hij dan. "Ouders, vrienden, familie en natuurlijk jullie — hij kijkt naar onze rij — , leerlingen, binnenkort oud-leerlingen van onze school: Van harte welkom!" Hij vervolgt zijn praatje, maar ik luister niet echt. Ik kijk vooral achterom. Mijn moeder zit nu al met tranen in haar ogen. Van trots, weet ik. Maar Marius zie ik niet.

De eerste diploma's worden uitgereikt. Sommige leerlingen worden met een groepje het podium opgeroepen, andere alleen. Ongeveer halverwege hoor ik "Sannah! Waar hebben we onze Sannah?" Mijn hart bonst in mijn keel. Ik houd er niet van in mijn eentje op zo'n podium te staan. Ik loop het trappetje op en kijk de zaal in. Het geeft eigenlijk best een kick! De komende paar minuten zijn voor mij. En voor niemand anders! Dan kan ik er maar beter van genieten ook.

Tot mijn verbazing zie ik Erik zitten. Achter in de zaal gaat er een hand de lucht in. Het is Marius! Hij is toch gekomen!

Het maakt me helemaal niet meer uit wat Duindam over me gaat zeggen, dit is míjn dag!

"Beste Sannah," begint hij. "Wat héb je ons in spanning gehouden! We vroegen ons tot op de laatste minuut af of je het wel zou redden. Ik zal niet uitweiden over je ups en downs, maar je hebt het ons niet altijd even makkelijk gemaakt. En jezelf ook niet. Maar je bent een slimme meid. Geloof me, jij kunt het nog ver schoppen. De wereld gaat ongetwijfeld nog veel van je horen! Maar nu eerst genieten van je welverdiende vakantie. Gefeliciteerd, kanjer!" Hij geeft me drie zoenen. Zo te ruiken heeft hij net een sigaar gerookt. En een borrel gedronken. Om het te vieren zeker, dat hij eindelijk van me af is!

Mijn mentor overhandigt mijn diploma. "Sannah!" roept iemand. Natuurlijk herken ik de stem van mijn moeder meteen. Ze is gaan staan en klapt keihard. Dan zie ik Erik. Hij steekt zijn duim op en klapt ook. Al snel gaat mijn hele groep staan. Meer duimen gaan de lucht in. Raymond fluit heel hard op zijn vingers. Samira staat op. "Sannah!" roept ze. "Whoewhoewhoe!"

En wat doe ik? Ik kijk de zaal rond. Wauw! Zo te voelen krijg ik een rooie kop. Maar dat kan me niks schelen! Ik wapper met het papiertje. Dit is míjn *minute of fame*. Ik voel me dolgelukkig. Ik heb het idee dat ik de hele wereld aan kan. Ik krijg een enorme grijns op mijn gezicht. Die laat ik de komende maanden niet verdwijnen!

IK HEB MIJN DIPLOMA!!!